JE VOULAIS TE DIRE…

Laëtitia Milot

JE VOULAIS TE DIRE…

Avec la collaboration de Johana Lagunas

FLORENT MASSOT

ISBN : 978-2-916-54646-9

Le mot de Johana

Montaigne avait raison : les coups de foudre amicaux sont eux aussi des équations humaines insolubles.

Si ce livre est aujourd'hui entre vos mains, c'est tout simplement « parce que c'était elle, parce que c'était moi ».

Je suis *Plus belle la vie* depuis ses premiers soubresauts sur France 3. J'ai de la chance, je suis payée pour le faire. Marseillaise de sang et de cœur, lorsque la série a déboulé sur le petit écran, j'ai supplié mon rédacteur en chef de *Télé Poche* de me laisser couvrir le nouveau feuilleton. Les entrefilets sont devenus des articles, les articles des couvertures, et les couv', des numéros spéciaux. Je finissais par avoir mon rond de serviette aux studios de la rue Guibal…

Mai 2008. Le 1 000e épisode de *Plus belle* se profile. Mon rédac' chef veut un angle original. « Laëtitia Milot, lui dis-je. Parlons de la femme derrière l'actrice. » Je propose à France 3, qui fait suivre à Laëtitia. C'est un grand « oui ».

Mercredi 18 juin, 8 heures. Je sonne à sa porte. Elle m'accueille avec une tasse de café à la main. Une main tendue, mais c'est la joue qu'elle préfère. Deux bises. Un café proposé. Elle me tutoie. Un autre sourire. « Je suis ravie de mettre un visage sur ta voix. Depuis le temps que tu t'occupes de la série, nous ne nous sommes parlé qu'au téléphone. Je t'imaginais plus âgée ! » Son sourire,

son regard, son éclat de rire ou sa joue tendue pour la première bise, tout en elle respirait l'authenticité et la générosité.

Il y eut alors cette inexplicable sensation où l'on se dit : « J'ai l'impression de déjà connaître cette fille », suivie, quelques minutes plus tard, d'un : « Je veux connaître cette fille ! »

Lundi 7 juillet. Mes 30 ans et parution de l'article. Laëtitia m'appelle. « Je n'ai jamais fait un reportage aussi sympathique et aussi vrai. Merci pour ce beau moment. Tu étais du 7 juillet non ? Joyeux anniversaire. Appelle-moi si tu viens pendant l'été dans la région, on t'emmènera faire du bateau. »

10 mai 2009. Je connais maintenant bien la femme qui se cache derrière le sourire, le regard, l'éclat de rire, et la joue tendue pour la première bise. Elle, elle connaît bien la femme derrière la journaliste.

Je suis à Marseille. On en profite pour se voir.

Nous nous donnons rendez-vous chez elle. Descendant de mon Paris au ciel « bas et lourd », je poursuivais le soleil comme un premier amour. Je persuade Laëtitia d'opter pour une terrasse sur le port de Martigues. Conversation de filles. Mariage, agent, rires, maison, mode, rires. « Il y a quelque chose dont il faut que je te parle, mimine, lui dis-je soudain. J'ai envie que les gens connaissent Laëtitia, non pas celle qui interprète Mélanie ou celle des affiches publicitaires, mais celle qui me fait rire, qui sait m'écouter, celle qui est devenue mon amie. Je veux écrire sur toi. Pas une biographie. Quelque chose d'aussi original que toi, la femme qui a osé porter du rouge et noir à son mariage. Pourquoi pas un bouquin d'entretiens où tu révélerais tes amours, tes déchirures, tes épreuves, mais aussi où tu partagerais tes goûts et tes passions ? » Silence. Elle fixe son verre, sourit, puis relève la tête vers moi : « Tu sais Johana, lorsque je t'ai rencontrée, je savais que tu allais compter dans ma vie, mais je ne savais pas à quel point. J'ai confiance en toi. Il n'y a qu'à toi que je pourrais raconter ma vie et le grand drame qui l'a conditionnée. C'est d'accord. C'est oui. »

Juste comme ça, « c'était oui. »

Des mois durant, Laëtitia m'a raconté son histoire.

Cette histoire que nous partageons aujourd'hui avec vous…

JOHANA LAGUNAS

Le mot de Laëtitia

L'histoire de ce livre a commencé en juin 2008. Le magazine Télé Poche avait proposé de me suivre pendant une journée, pour un reportage.

C'est à cette occasion que j'ai rencontré Johana.

Dès qu'elle a passé le pas de ma porte, j'ai été touchée par cette jeune journaliste toute mignonnette qui respirait la sympathie et l'authenticité. Elle s'est timidement assise sur le bord du fauteuil, dans le salon, avec son petit carnet et son magnétophone, et lorsque nous avons commencé à parler, je n'avais pas l'impression de répondre à une interview, mais de me confier à une amie.

Ce fut la plus mémorable de mes séances photos, l'ambiance qui y régnait était celle d'un après-midi entre amis. À la fin de cette délicieuse journée, je suis rentrée à la maison en disant à Badri, mon mari : « J'ai fait une super-rencontre, quelqu'un qui va compter dans ma vie, j'en suis sûre… »

Notre amitié a commencé avec des « tu peux m'envoyer le *Télé Poche* où je suis en couverture ? Je n'ai pas eu le temps d'aller l'acheter… » Puis les interviews sont vite devenues des moments de détente entre amies. Johana fut la première personne en dehors de mes proches à qui j'ai parlé de mes secrets les plus intimes. J'avais le sentiment que je pouvais lui faire autant confiance qu'à un membre de ma famille.

Un jour, elle m'appelle en me disant : « Laëti, j'ai quelque chose à te proposer, mais je ne peux pas t'en parler par téléphone. Pourrait-on se voir dans le Sud quand je descends pour l'anniversaire de ma mère ? » Quel mystère… N'ayant pas réussi à la faire parler, je n'avais plus qu'à attendre le 10 mai…

Quelques semaines plus tard, nous sommes installées à la terrasse d'un café, et Johana est sur le point de me révéler ce fameux « quelque chose ». « Je voudrais écrire un livre sur toi », m'annonce-t-elle alors. Les choses se bousculent dans ma tête. Je me souviens des propositions que l'on m'a déjà faites pour écrire ma biographie, propositions que j'avais toujours repoussées. Je n'arrivais pas à me résoudre à confier mes secrets les plus intimes à une personne qui n'avait pas ma confiance. Mais avec Johana, le problème ne se posait pas, je n'ai aucune raison de lui dire non…

Johana m'explique alors qu'elle n'entend pas faire une biographie traditionnelle : « Tu vas certes parler de toi, mais seulement de certains pans de ta vie. Le livre sera sous forme d'interviews thématiques, avec des encadrés permettant de parler de tes goûts en matière de cinéma, de voyage, de cuisine ou encore de littérature… » Ça, c'est une idée que je n'aurais jamais eue ! Une « biographie traditionnelle » ne me tentait pas en effet pour l'instant : à 28 ans, je n'avais pas suffisamment de choses à raconter. L'originalité de son projet finit de me convaincre et je lui dis : « Oui, oui, oui ! », oui à tout, tout de suite ; ce n'était pas la peine d'y réfléchir, je n'attendais même pas

d'en avoir parlé à Badri, que je consulte normalement toujours pour mes choix de carrière… Oui !

Nous nous sommes donc mises au travail. Aux idées de thèmes et d'encadrés que Johana me proposait, venaient s'ajouter mes propositions. Nous avons passé des dizaines d'heures au téléphone et consacré des journées, des soirées et des week-ends entiers à ce projet que nous avons vite surnommé « notre bébé. » Un « bébé » que nous avons créé toutes les deux, rien que toutes les deux.

Il nous fallait maintenant trouver la maison d'édition qui saurait prendre grand soin de notre nouveau-né. Les voyages sur Paris s'enchaînent et les éditeurs se succèdent. Jusqu'à cette belle journée d'automne. Ce jour-là, après un premier rendez-vous matinal à l'Hôtel Régina, nous nous dirigeons vers Saint-Germain afin de présenter notre bébé aux Éditions Florent Massot. Le professionnalisme et la bienveillance de Florent nous ont immédiatement conquises. En sortant du rendez-vous, nous nous sommes dit : « Notre éditeur, c'est lui ! »

Le livre que vous tenez entre vos mains est composé de fragments de ma vie et de propositions cinématographiques, littéraires, culinaires, écologiques, esthétiques ou encore touristiques, afin d'enchanter et d'enrichir votre quotidien, et où chacun, je l'espère, trouvera son bonheur.

Je dédie tout d'abord cet ouvrage à mes fans, afin de les remercier de suivre ma carrière. Les questions que

vous posez dans vos nombreuses lettres trouveront ici leurs réponses.

Ce livre s'adresse également aux personnes qui ne sont pas des familiers de *Plus belle la vie*. Peut-être trouverez-vous ici une expérience de vie qui vous touchera, vous intriguera ou vous inspirera, et je dis cela en toute modestie.

Ce livre est aussi un accomplissement, une lumière sur mon chemin de vie. Peut-être était-il temps que l'amalgame entre mon personnage et moi-même cesse, que le public reconnaisse Laëtitia et non plus Mélanie ? J'avais également besoin de prouver à certaines personnes qui doutaient de moi, mais sûrement également à moi-même, que j'étais capable de mener un grand projet à bien. Un désir qui est devenu réalité grâce à *Plus belle la vie*, qui a rendu mon nom populaire, et grâce à Johana, qui a eu l'idée de *Je voulais te dire…*

2010 est l'année de mes 30 ans, celle du mariage de Johana, et celle de la naissance de notre *Je voulais te dire…* Un bébé dont je suis fière et qui, je l'espère, deviendra grâce à vous une aventure mémorable.

Tendrement,

LAËTITIA MILOT

À Badri, Yannis et ma famille.

Hiver

Un homme qui ne passe pas de temps
avec sa famille n'est pas vraiment un homme.

FRANCIS FORD COPPOLA,
extrait des dialogues du film *Le Parrain*.

Ma Playlist de l'hiver

Rien de tel pour contrarier la froideur hivernale que d'écouter des musiques qui nous font chaud au cœur...

L'AIGLE NOIR de Barbara, s'il devait n'y en avoir qu'une, ce serait celle-là. Cette chanson est en tous points sublime.

L'HYMNE À L'AMOUR d'Édith Piaf, en souvenir de ma grand-mère, qui chantait souvent cette chanson.

LA RIVIÈRE DE MON ENFANCE de Michel Sardou et Garou, une chanson qui me fait penser à mon père...

LETTRE À FRANCE de Michel Polnareff, ma chanson préférée de l'inimitable, du grand Polnareff.

MISTRAL GAGNANT de Renaud, cela me rappelle mon premier karaoké avec Badri, mon mari.

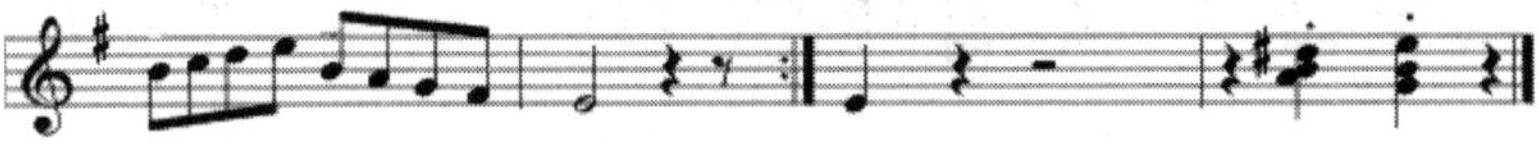

1973 de James Blunt, en souvenir de mes virées d'ado.

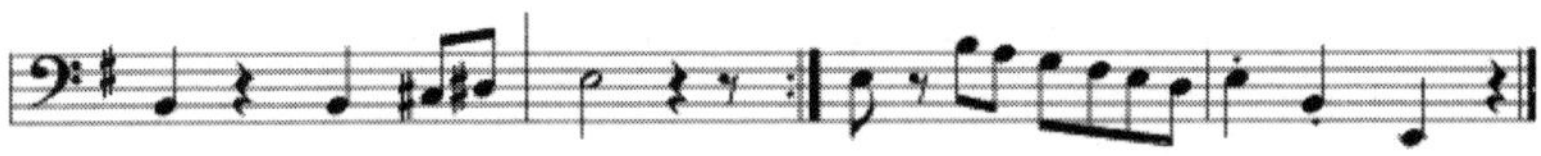

ENDLESS LOVE de Diana Ross et Lionel Richie, le duo le plus émouvant de Lionel Richie.

AIN'T NO MOUNTAIN HIGH ENOUGH de Diana Ross, THE chanson mythique de Diana Ross.

MON AMIE LA ROSE de Nathasha Atlas, la première danse que j'ai faite pour Badri…

HURRICANE d'Eric Benet, chanson tirée de l'album le plus marquant (*Hurricane*) de maître Benet.

LEAN ON ME d'Al Jarreau, une chanson que je passe souvent en boucle lorsque je fais mon ménage !

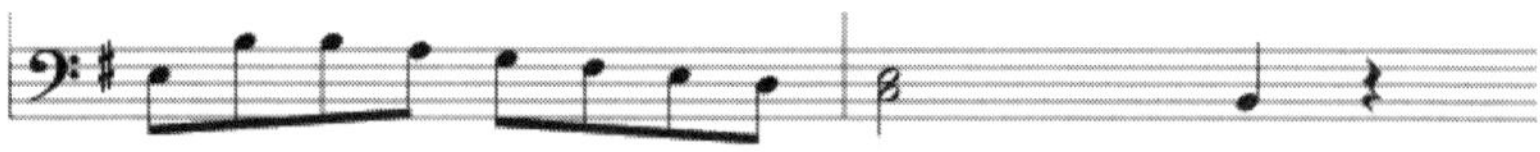

GO WHEN HE CALLS ME de Cunnie Williams, c'est Badri qui m'a fait découvrir ce chanteur, dont il est un grand fan. Cette chanson accompagnait souvent nos soirées en amoureux.

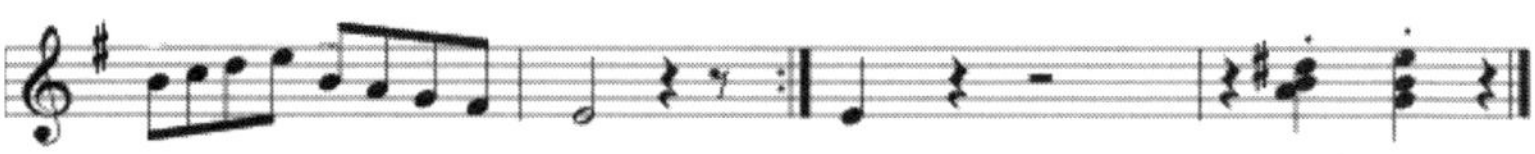

NOW WE ARE FREE de Hans Zimmer, musique du film *Gladiator*, une extraordinaire BO.

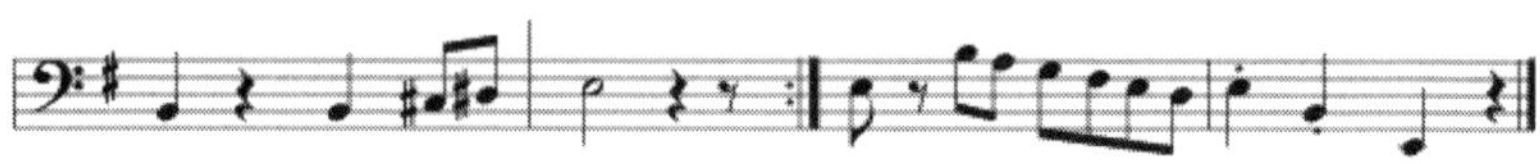

MURRON'S BURIAL de London Symphony Orchestra, musique de *Braveheart*, film préféré de Badri. Cette chanson me fait penser à mon mari…

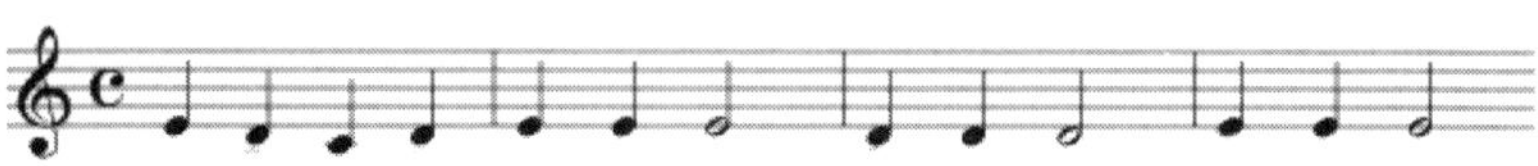

DON'T CRY FOR ME ARGENTINA de Madonna, une artiste et une femme que j'admire, Michael Jackson au féminin. Ce titre est tiré de la comédie musicale *Evita*, bouleversante…

A LOVE BEFORE TIME de Coco Lee et Yo-Yo Ma, ma chanson « détente », effet cocooning garanti !

STREETS OF PHILIADELPHIA de Bruce Springsteen, un film poignant que j'avais vu à l'école et dont ce titre, extrait de la BO, me touche en plein cœur.

CHRISTOPHE COLOMB de Vangelis, c'est ma prof de danse qui m'a fait connaître cette chanson. Nous avions fait une chorégraphie sur cette musique à l'occasion d'un de mes derniers spectacles de danse. Chaque fois que je l'écoute, je suis parcourue de frissons.

Âme d'enfant…

Dans chaque enfant, il y a un artiste.
Le problème est de savoir comment
rester un artiste en grandissant.

Pablo Picasso

Quand la petite Laëtitia Milot a-t-elle pointé le bout de son nez ?

Je suis arrivée le 5 juillet 1980, à Limoges. J'étais la petite dernière et la seule fille. Mon père est originaire des Vosges et ma mère est née à Paris. Ils se sont installés plus tard à Limoges et y ont construit une maison. Ça a été la première maison dans laquelle j'ai habité. On y est restés jusqu'à mes 7 ans. Nous nous sommes ensuite installés à Tours, où j'ai passé une grande partie de mon enfance. C'est lorsque j'ai eu 12 ans que l'on a déménagé dans le Sud, plus précisément dans les Bouches-du-Rhône. Tout d'abord à Velaux, puis à Bouc-Bel-Air, et enfin à Aix-en-Provence. Lorsque j'ai pointé le bout de mon nez, il y avait déjà mes deux frères. David, de neuf ans mon aîné, et William, le cadet, qui a sept ans de plus que moi.

Où vivent tes frères ?

David vit à Tours et William à Toulouse.

Que font-ils dans la vie ?

William, la tête de la famille, est ingénieur en agronomie et David, gérant de magasin de prêt-à-porter.

Et tes parents ?

Mon père est militaire, c'est pour cela qu'on déménageait au gré de ses mutations. Ma mère est quant à elle infirmière. Mais elle ne l'était pas encore à l'époque. Elle a repris ses études vers la trentaine. Et là, à 57 ans, elle vient de réussir le mastère II AGIS (action gérontologique et ingénierie sociale) pour devenir directrice de maison de retraite. Ça fait un an qu'elle fait des stages, rédige son mémoire… c'est une sacrée galère. Je suis très fière d'elle, elle a beaucoup de courage. Reprendre ses études à son âge et avoir une ambition pareille, je trouve cela fantastique. Cette reconversion professionnelle, elle y tenait dur comme fer, car elle la faisait en mémoire de sa mère, décédée de la maladie d'Alzheimer il y a quelques années. Ma mère s'était promis d'améliorer, à son niveau, la condition des personnes souffrant de cette terrible maladie. Le mot « terrible » n'est même pas assez fort pour décrire ce qu'endure le malade, mais aussi sa famille. Lorsque ma grand-mère était encore parmi nous, j'ai vu ma mère souffrir au quotidien. Je l'ai surprise plusieurs fois alors qu'elle essayait de se cacher, pour pleurer. Ma grand-mère ne se souvenait plus de rien, ni ne reconnaissait personne, sauf lors de quelques rares moments de lucidité. Lorsque ma mère lui disait bonjour, elle lui répondait : « Mais madame, qui êtes-vous ? » Il lui arrivait même de lui dire : « Je sais que vous êtes une mauvaise personne ! Vous m'avez enlevée ! » Elle ne se souvenait pas, non plus, des personnes de son entourage qui étaient décédées, comme mon grand-père ou deux de ses enfants qu'elle avait perdus. À chacune de nos visites, elle nous demandait ainsi où étaient mon grand-père et ses deux filles. Lorsqu'on lui disait qu'ils étaient morts, elle se mettait à pleurer à chaudes larmes, c'était comme si elle revivait son deuil à chaque fois. Il fallait également toujours la surveiller comme on aurait surveillé un enfant. Je me souviens ainsi d'une journée de plage au cours du dernier été que nous avons passé ensemble. Avec Badri, mon mari, nous l'avions emmenée à Nice, afin de soulager un peu ma mère qui s'en occupait vingt-quatre heures sur vingt-quatre. Alors que nous nous baignions tous les trois, ma grand-mère décide d'aller s'allonger sur sa serviette. Badri et moi restons dans l'eau, sans pour autant la quitter des yeux. Puis, tout à coup, nous la voyons se lever et se mettre à marcher vivement sur la plage. Badri sort de l'eau à toute vitesse afin de la rattraper, il en perd d'ailleurs la bague que je lui avais offerte lorsque nous nous étions pacsés, et moi je reste dans l'eau avec mon masque afin de tenter de retrouver la bague… nous avons finalement rattrapé ma grand-mère qui ne savait plus où elle était… mais ce dont j'aime me souvenir, ce sont ses moments de lucidité, comme lors du dernier Noël que nous avons passé ensemble. Badri et moi avions acheté un Karaoké à ma mère et à mon beau-père, Toto. Ma grand-mère nous avait tous bluffés en chantant *L'Hymne à l'amour* d'Édith Piaf, elle se souvenait de toutes les paroles ! Voilà pourquoi je verse ma larme à chaque fois que j'entends cette chanson. Quelques minutes avant qu'elle ne nous quitte, alors qu'elle était allongée dans son lit d'hôpital, elle nous a dit, à ma mère et à moi : « Pépé m'attend et on vous aime très fort toutes les deux. » Je me suis mariée cinq mois après sa mort. Elle m'a terriblement manqué, j'aurais tout donné pour qu'elle soit à mes côtés…

Quel rôle ont joué tes grands-parents dans ton enfance ?

J'ai énormément de souvenirs avec mes grands-parents maternels. Ils sont venus vivre à la maison quand mon grand-père était sur le point de mourir. J'adorais aller chez eux, à Saint-Pourçain-sur-Sioule, pas très loin de Vichy. Ils m'emmenaient souvent à la fête foraine de leur village. Je me souviens aussi des Noël où j'avais l'habitude de danser la danse des canards avec ma grand-mère. J'avais une fois tourné un film d'horreur avec mes cousins et mes grands-parents, c'était ma mère qui était derrière la caméra. Mon grand-père était grand, mince, avec une moustache, et un air franchement inquiétant, et dans ce petit chef-d'œuvre, il nous courait après avec une spatule en bois en guise de couteau et nous détalions à toutes jambes. Il faudrait que je retrouve ce film !

Et tes grands-parents paternels ?

Ils n'ont pas eu la même place dans ma vie. Ma grand-mère faisait énormément de différence entre les cousins : elle avait ses préférés. Quant à mon grand-père, il ne disait rien, pas un seul mot ne sortait de sa bouche et il finissait par me faire peur ! Mais ce grand-père-là n'était pas mon vrai grand-père, ma grand-mère s'est remariée et je n'ai jamais connu son premier mari... Ma grand-mère est toujours vivante, mais elle est atteinte de la maladie d'Alzheimer. Elle est fan de *Plus belle la vie,* le fait que je sois une des héroïnes de la série nous a rapprochées. Aujourd'hui, je suis la seule de ses petits-enfants qu'elle reconnaît, sûrement parce qu'elle me voit le soir à la télé...

Considères-tu avoir eu une enfance heureuse ?

Très heureuse. J'ai été bien élevée, bien éduquée, mes parents ont su me transmettre la valeur des choses. Enfant, avec mes frères, on savait s'amuser avec peu. J'ai beaucoup de souvenirs heureux à Limoges, tout comme à Tours, où on avait toute la famille qui vivait à côté. Je passais donc mon temps avec mes cousins et cousines, je n'aurais pas pu rêver mieux. Mon enfance a également été marquée par la présence de ma chienne, un berger allemand qui s'appelait Polka. J'avais une très grande complicité avec elle. Elle me protégeait contre tous, même si aucun danger ne se présentait. Elle avait un côté possessif peu commun chez les chiens. Je me souviens ainsi d'un épisode qui a eu lieu quand j'avais 5 ans, alors que nous habitions encore à Limoges. Ce jour-là, une copine d'un de mes frères est venue me voir. Lorsqu'elle s'est approchée de moi, ma chienne, qui était toujours assise à proximité, lui a sauté dessus et elle lui a griffé tout le dos. Elle a voulu lui interdire de me toucher. Elle me protégeait… Polka a grandi avec moi, et lorsqu'elle est morte, c'était pour moi la fin du monde. Mes parents m'avaient caché sa mort et je leur en ai énormément voulu, pendant longtemps. Ils m'avaient dit qu'elle était à l'hôpital en train de se faire soigner… Lorsque je leur ai demandé pourquoi ils m'avaient menti, ma mère m'a répondu qu'ils voulaient me le dire, mais ils avaient attendu trop longtemps, et mon cousin avait malheureusement vendu la mèche, « mais ta chienne n'est pas à l'hôpital, elle est morte ! » m'avait-il dit.

Quel type d'enfant étais-tu ?

J'étais très sage. J'étais plutôt du genre à jouer tranquillement dans ma chambre avec mes poupées, mes Barbies, et mes peluches. Je faisais beaucoup de jeux de rôles. Le soir, quand je rentrais de l'école, je jouais toujours à la maîtresse. Je m'enfermais dans ma chambre et mes parents ne m'en voyaient ressortir que pour le dîner. Ils m'entendaient juste crier contre mes « élèves ». J'avais, bien évidemment, un tableau, des craies et des feuilles d'exercices afin de faire travailler tout ce petit monde. Mais quand ma cousine venait à la maison, on avait l'habitude de jouer à la caissière, avec ma super-caisse enregistreuse, ainsi qu'à la maman. On piquait les talons aiguilles de ma mère, ses bottes aussi – on avait l'air fines ! et on marchait en faisant claquer les talons, un bruit typiquement féminin qui nous faisait nous sentir « femmes » !

À quelles activités extrascolaires participais-tu ?

Gamine, j'avais toujours rêvé de faire de l'équitation ou du patinage, mais mes parents n'avaient pas les moyens de me payer ces activités et je me suis du coup repliée sur la danse classique. Je me souviens d'ailleurs qu'à Tours, j'adorais patiner avec mes patins à roulettes sur la terrasse familiale : je refaisais les pas de danse que j'avais appris durant la journée. Quant à l'équitation, je rattrape aujourd'hui les années perdues : minimum deux fois par an, je vais faire ma petite balade ; je rêve d'avoir un cheval à moi. J'aimerais avoir un terrain suffisamment grand pour accueillir un cheval qui aurait été destiné à l'abattoir, et en prendre soin. C'est comme ça que j'aimerais passer ma retraite !

À quel âge as-tu donc commencé la danse ?

J'ai commencé la danse à Limoges à 5 ans. Ces cours se déroulaient dans une grange. Et c'est d'ailleurs le professeur qui m'enseignait la danse à cette époque-là qui a dit à mes parents : « Vous devriez inscrire votre fille au conservatoire. »

Et tes parents ont-ils suivi son conseil ?

Oui. Ils m'ont directement inscrite au conservatoire quand on est arrivés à Tours, je devais avoir 7 ans.

T'es-tu faite à la discipline de fer du conservatoire ?

C'était en effet autre chose que mes cours dans une grange ! C'était beaucoup plus strict ; il y avait notamment un règlement assez sévère et surtout un poids à ne pas dépasser. Et cette question de poids m'a vraiment marquée car j'étais très jeune. Lorsqu'il y avait par exemple des anniversaires, je n'avais droit qu'à une petite part de gâteau, mais pas plus, car il ne fallait pas que je prenne de kilos. Il y a donc eu beaucoup de moments où je me suis sentie frustrée dans les repas de famille ou dans les goûters d'anniversaire, car j'aurais bien aimé avoir une deuxième part de gâteau, de glace ou d'autres bonbons, mais je ne pouvais pas.

Ces restrictions alimentaires imposées à leur enfant n'ont-elles pas alarmé tes parents ?

Le fait de surveiller mon poids n'était pas la décision de mes parents, mais la mienne. Je savais que je pouvais être renvoyée du conservatoire si je grossissais trop et c'était impensable. Pour moi, il n'y avait que la danse qui existait : à cet âge-là, je voulais être danseuse étoile ou professeur de danse à tout prix… à n'importe quel prix. Je savais donc très bien qu'il ne fallait pas que je prenne un seul kilo de plus. J'ai toujours été assez pulpeuse et parmi les danseuses, j'étais toujours la plus grande et celle qui avait le plus de formes. J'avais des fesses, des seins et des muscles, et ça gênait beaucoup. Une danseuse doit être longiligne et ce n'était pas mon cas. Ce qui n'arrangeait pas les choses non plus était le fait que je m'étais mise à l'athlétisme, inspirée par mon grand frère David qui lui-même en faisait. J'ai donc dû arrêter l'athlétisme car j'avais pris beaucoup trop de muscle et j'étais vraiment plus baraquée que les autres.

Ce genre de restrictions alimentaires à un si jeune âge peut conduire à des troubles du comportement alimentaire comme l'anorexie ou la boulimie. Est-ce que ça a été ton cas ?

Non. Je n'ai jamais eu ce genre de problème. J'étais très entourée et mes parents veillaient à ce que je continue à manger normalement. J'ai eu de la chance.

La danse semblait être plus importante que l'école...

C'est vite devenu le centre de ma vie. J'ai choisi d'intégrer une section sport-études et je suis donc entrée au conservatoire de Tours en horaires aménagés. Ce qui signifiait que le matin je suivais les cours au collège, et l'après-midi, j'allais à mes cours de danse. J'avais aussi des cours de piano, de solfège, de chant et de danse contemporaine. Et j'ai continué ces horaires aménagés lorsque nous nous sommes installés dans le Sud. J'étais alors scolarisée à Aix-en-Provence. C'était encore pire, car, comme j'étais montée en niveau, je prenais d'autres cours de danse à côté, afin de pouvoir être admise à l'Opéra. L'emploi du temps était infernal : tous les soirs, après le conservatoire, samedi après-midi inclus, j'allais prendre deux heures de cours dans une autre école de danse. Danser, c'était tout ce que je faisais...

Avec cette pratique intensive de la danse, n'es-tu pas passée à côté de l'insouciance de l'enfance et de l'adolescence, des boums et des petits copains ?

Il est vrai que je n'avais pas beaucoup de temps pour me divertir, mais j'ai quand même eu des petits copains.

Je suis ainsi sortie avec un certain Stéphane, le fils de la directrice de mon collège qui lui aussi était en horaires aménagés au conservatoire. Ce n'était pas un danseur, mais un musicien. Mais c'est à 15 ans que j'ai eu ma première relation sérieuse. C'est ce qui a d'ailleurs commencé à me perturber et m'a fait me poser des questions sur mon engagement. Avec toutes ces activités qui s'ajoutaient aux études, je n'étais pas très disponible, donc pour le voir plus souvent, j'ai commencé à sauter les cours… pas la danse évidemment, mais le reste ! L'école, ça n'a jamais vraiment été mon fort… c'est donc à partir de ce moment-là que ça a commencé à déraper…

Qu'est alors devenu ton rêve de rentrer à l'Opéra de Paris ?

C'est un peu avant cette période que j'ai été forcée d'abandonner ce rêve. C'est triste à dire, car cela n'avait rien à voir avec ma volonté ou mon engagement. J'étais en fait trop ronde. Ma prof de danse me disait qu'il fallait que je perde du poids, mais je n'y arrivais pas ! J'ai eu beau enchaîner les régimes, rien ne marchait. J'ai alors réalisé que je n'avais pas le corps filiforme d'une danseuse, et que je ne l'aurais jamais.

Les mots de maman

– Quelle enfant était Laëtitia ?

Une enfant adorable, même si, tout comme ses frères, elle a reçu une éducation assez stricte. William et David s'en occupaient beaucoup, ils se faisaient un devoir de la protéger car c'était la petite dernière. Son grand frère, David, lui a fait faire ses premiers pas, et William, qui était plus petit, était toujours en train de la défendre. Ils formaient, et forment encore aujourd'hui, un formidable trio.

– Laëtitia s'est mise à faire de la danse avec une volonté de fer, impressionnante. Venant d'une enfant de cet âge, cette détermination ne vous a-t-elle pas surprise ou effrayée ?

Alors qu'elle n'avait que 6 ans, elle a tenu à s'inscrire au conservatoire de danse. C'était sa passion, je l'ai donc laissée faire. Je n'ai pas voulu aller contre son désir de vouloir réussir dans ce milieu. Au contraire, je l'ai accompagnée. Mais sa décision n'était pas une grande surprise, car j'ai toujours été persuadée qu'elle réussirait dans l'artistique. Depuis son plus jeune âge, Laëtitia a toujours écouté de la musique et dansé, toute seule, avec ses poupées, avec sa cousine, ou lors des dîners familiaux où elle organisait des petites représentations.

– Vous n'avez jamais contrarié ses choix…

Je ne l'ai jamais freinée, car elle faisait les bons choix. Sa voie était celle de l'effort et de la persévérance, je ne pouvais que l'encourager.

– Certains parents ne sont pourtant pas très rassurés lorsque leur enfant décide de se lancer dans une carrière artistique…

Mais j'ai eu très peur ! Je lui disais d'ailleurs de faire attention, car c'est un milieu très spécial. Mais je l'ai toujours accompagnée, dans toutes ses démarches, et ce, jusqu'à ce qu'elle parte à Paris. Et heureusement, car nous avons rencontré des requins… Aujourd'hui, elle est toujours très prudente.

– Aujourd'hui, vous semblez encore être sa partenaire de tous les moments…

Nous sommes restées très proches. Encore aujourd'hui, j'ai besoin d'avoir très fréquemment de ses nouvelles. Lorsqu'elle est par exemple partie au Maroc pour le *prime* de *Plus belle la vie*, nous sommes restées trois semaines sans nous voir, ce fut très long… Nous nous sommes donc envoyé des e-mails tous les jours. J'ai une peur qui m'habite constamment, c'est celle de perdre mes enfants. Ce fut le cas de ma mère, qui a perdu deux de ses enfants. Chaque fois que Laëtitia est loin, cette angoisse est difficilement supportable.

– Comment avez-vous vécu son départ pour la capitale ?

Je l'ai encore une fois accompagnée dans son choix. À ce moment-là, j'avais un chef de service très compréhensif qui m'a laissée partir à Paris pour l'aider à s'installer.

– Lorsque vous voyiez que ça ne marchait pas, ne lui avez-vous pas conseillé d'arrêter ?

Oui, bien sûr… mais le destin a été encore plus dur avec elle. Le drame qu'elle a vécu avec Yannis fut une terrible épreuve. Je me demandais si elle allait jamais s'en remettre. Elle était jeune, mais la déchirure était si grande… Yannis était toute sa vie. En tant que mère, il n'y a rien de pire que voir souffrir son enfant. Mais je pense qu'on est riche de ses souffrances et les épreuves que Laëtitia a traversées lui ont permis d'être la comédienne qu'elle est aujourd'hui.

– Laëtitia semble incarner parfaitement la célèbre maxime de Nietzsche « tout ce qui ne me tue pas me rend plus fort »…

Elle est animée d'une force peu commune. Puis elle a aussi eu la chance de rencontrer Badri, son mari aujourd'hui, qui est un homme extraordinaire. Il a su l'accompagner dans la maladie, dans le deuil, puis dans l'amour.

– Lorsqu'elle vous a appris qu'elle allait être l'une des héroïnes d'un nouveau feuilleton sur France 3, qu'avez-vous ressenti ?

J'ai eu l'impression que c'était moi qui avais réussi ! Ses efforts étaient enfin récompensés, j'étais transportée de bonheur. Cela faisait de nombreuses années qu'elle se battait, elle était animée d'une sacrée hargne, elle avait une volonté de fer, une féroce envie de réussir. Mais Laëtitia est comme moi, elle en veut toujours plus.

Elle me dit souvent « tu devrais t'arrêter maman », ce à quoi je lui réponds : « Quand tu auras mon âge, tu verras que toi aussi tu continueras à en vouloir plus. »

– Pour une maman, allumer la télé et voir sa fille, ce doit être complètement surréaliste…

La télé, tout comme les immenses affiches publicitaires, cela a une saveur irréelle. Mais c'est aussi un petit lot de consolation lorsqu'elle est loin : je peux quand même la voir tous les soirs à la télé ou la croiser au détour d'une rue !

– Comment vivez-vous sa célébrité ?

Quand on me parle de Laëtitia, c'est toujours en termes positifs, la fille d'une collègue de travail me disait récemment que Laëtitia respirait la gentillesse. Beaucoup de gens parviennent à percevoir la femme qu'elle est vraiment.

– Lorsque vous regardez Laëtitia, de quoi êtes-vous le plus fière ?

Je suis fière de Laëtitia, non pas de ce qu'elle est devenue, car peu m'importe à quel niveau elle se situe sur l'échelle sociale, mais du chemin qu'elle a parcouru. Elle est allée jusqu'au bout de ses rêves, affrontant les épreuves, en se relevant chaque fois qu'elle trébuchait. Et malgré le milieu dans lequel elle évolue, elle a su conserver précieusement son authenticité, son humanité, son humilité, et son sens de la famille, des valeurs que je lui ai inculquées lorsqu'elle était enfant, comme l'avaient fait mes parents avec moi. Avoir su transmettre ces valeurs-là à mes enfants est la plus grande réussite de ma vie de mère.

Les mots de papa

– Laëtitia était, semble-t-il, la petite fille gâtée de la famille…

Comme dit son grand frère William, c'était la seule fille, elle était donc chouchoutée, c'était la petite gâtée.

– Lorsque votre fille a décidé de monter à Paris, avez-vous approuvé sa décision ?

Je voulais qu'elle continue ses études, car lorsqu'on est actrice, tout peut s'arrêter du jour au lendemain, et si on n'a pas étudié, on se retrouve sans rien. Si sa mère ou moi nous avions été comédiens, ça lui aurait facilité la tâche, mais ce n'était pas le cas. Je ne l'aurais pas laissée partir seule, mais elle montait sur Paris avec son petit copain avec qui elle avait une relation sérieuse, donc je l'ai laissée faire.

– Qu'avez-vous éprouvé lorsque Laëtitia vous a annoncé qu'elle avait été choisie pour interpréter Mélanie dans *Plus belle la vie* ?

Ça m'a fait plaisir qu'elle réussisse ce casting, mais bon, au début, *Plus belle la vie*, ce n'était pas tellement ça, c'était un peu nunuche… Maintenant, c'est un vrai succès qui est parti pour durer autant que *Les Feux de l'amour*. C'est bien pour Laëtitia, mais aussi pour les comédiens qui se donnent à fond pour que ça marche et qui du coup ne sont pas au chômage. Puis Laëtitia est

une très bonne comédienne, avec un jeu très naturel, et elle a en plus été dotée d'un physique très avantageux. Tout ce que je lui souhaite maintenant, c'est que le succès continue et qu'elle ait un enfant, car jusqu'à maintenant, elle n'en voulait pas. Mais il y a une chose que je lui reproche : Laëtitia chantait très bien, elle avait une belle voix et savait jouer du piano, elle aurait dû continuer le chant en parallèle de ses cours de danse. Elle aurait dû faire comme Vanessa Paradis, mener de front sa carrière de chanteuse et de comédienne, elle serait aujourd'hui bien plus connue qu'elle ne l'est déjà.

– Comment vous entendez-vous aujourd'hui ?

On peut passer six mois sans se voir, elle n'habite pas très loin de chez moi et pourtant, je ne la vois jamais... Je suis plus souvent en contact avec son frère William qui vit à Toulouse. Cette année, elle n'est même pas venue me voir à la fête des Pères... On a quelquefois du mal à se comprendre... Elle n'est pas méchante pour un sou, mais elle a un sacré caractère...

– C'est peut-être grâce à ce caractère qu'elle a pu soulever des montagnes...

Je ne lui reproche pas son caractère, mais parfois, il faudrait qu'elle soit plus souple qu'elle ne l'est. On ne vit qu'une fois sur terre, alors si c'est pour se prendre la tête à ce point-là, ce n'est pas la peine. Je suis sûr qu'elle est beaucoup plus souple avec sa mère...

– Pour un père, ce doit tout de même être extraordinaire de voir sa fille à la télévision, tous les soirs. Vous devez être terriblement fier d'elle…

Je suis très fier de ce qu'elle a réussi à accomplir alors qu'elle ne venait même pas d'une famille de comédiens. Je suis également fier de mon fils, William, qui a brillamment réussi dans l'agronomie.

– Vous avez vraiment de quoi être fier de vos trois enfants…

Je n'ai que deux enfants, William et Laëtitia. Il s'agit d'affaires de famille dont je ne souhaite pas parler.

Affaires de famille

Les enfants, il vaut mieux les réussir,
sinon ils ne vous ratent pas.

JEAN COCTEAU

Ton père a fait une remarque bien étrange. Il a dit qu'il n'avait que deux enfants, Laëtitia et William…

Cela fait partie de ces secrets de famille que l'on préfère taire… William est mon frère de sang ; mes parents ont adopté David alors qu'il avait 3 ans. Mais pour moi, ce n'est qu'un détail biologique : j'ai toujours considéré David comme mon vrai frère, je m'entends d'ailleurs très bien avec lui, nous sommes très proches et très complices. David est en réalité mon cousin germain. C'est le fils de ma tante Claudine, la sœur de ma mère. Claudine souffrait de graves troubles psychologiques et ne pouvait en aucun cas s'occuper de son fils. David a donc tout d'abord été recueilli par la DASS, puis mes parents ont décidé de l'adopter afin de lui offrir une enfance stable et une famille aimante. Mais mon père a eu énormément de mal à considérer David comme son fils et après le divorce, il a définitivement coupé les ponts avec lui. Mon père était issu d'une famille recomposée et sa mère l'a délaissé, préférant ses enfants issus de son second mariage. La frustration et la tristesse qu'il a dû ressentir enfant expliquent peut-être son comportement… Mais alors pourquoi accepter d'adopter David ? Ma mère ne lui avait en aucun cas forcé la main ! Mettre un enfant au monde ou l'adopter, c'est le même acte d'amour. À partir du moment où tu as décidé de l'accueillir dans ta vie, tu dois l'aimer et le protéger, toujours, tout le temps, c'est ton devoir de parent. David souffre de cette situation ; il ne souhaiterait qu'une chose aujourd'hui : retrouver l'amour de son père.

Quelle est la personne de ta famille dont tu es la plus proche ?

Je suis très proche de ma mère. Nous avons toujours été très complices. Enfant et adolescente, elle m'accompagnait partout, tout le temps : à la danse, à l'athlétisme, aux défilés auxquels je participais dans la région d'Aix-Marseille… Elle a également soutenu mes choix de carrière envers et contre tous, même lorsque ces choix n'étaient pas des plus rassurants pour une mère. Elle est mon roc. Je me souviens d'un épisode, qui peut paraître anecdotique aujourd'hui, mais qui m'avait vraiment marquée étant enfant. J'avais 9 ans et je devais partir en classe de neige, mais je ne voulais pas laisser mes parents. Ma mère s'était donc portée volontaire pour accompagner ma classe. J'avais un très bon niveau en ski, ce qui n'était pas son cas, elle n'arrêtait pas de tomber. Lors d'une descente que nous faisions en duo, j'ai pris beaucoup d'avance en la laissant skier péniblement derrière moi, jusqu'au moment où je suis tombée. Je me suis placée sur le côté de la piste pour l'attendre. Mais elle n'arrivait pas. La peur a commencé à me paralyser. Il lui était forcément arrivé quelque chose de grave… Je me suis mise à pleurer toutes les larmes de mon corps… Les minutes passaient, et elle n'était toujours pas là… Une dame s'est alors arrêtée et m'a fait descendre la piste. Lorsque j'ai pris le dernier virage, j'ai aperçu ma mère, au pied de la piste, aussi blanche que la neige. Cela faisait une heure qu'elle me cherchait partout… J'étais tellement soulagée ! Ce que j'ai ressenti à ce moment-là, en haut des pistes, c'était un immense vide, ce à quoi ressemblerait ma vie si elle n'en faisait plus partie. Pendant mon enfance, ma mère a vraiment été ma partenaire de tous les moments, mon alliée… Elle acceptait même les marchés que j'essayais de conclure avec elle quand je ne voulais pas aller à l'école !

Tu concluais des marchés avec ta mère ? Mais tu étais vraiment un sacré numéro !

Ma spécialité c'était de dire à ma mère : « Si je ne vais pas à l'école aujourd'hui, mais qu'en échange je te fais le ménage dans toute la maison, ça te va ? » Elle me regardait et me disait : « Ah là là ! Laëtitia ! » Mais ça marchait ! Et, bien évidemment, j'allais voir ma mère pour ça, car mon père ne risquait pas d'accepter un tel marché… Puis j'avais besoin de leur accord, car je n'étais pas du tout du genre à faire le mur !

Tu préférais faire le ménage plutôt que d'aller à l'école ?

J'étais prête à tout pour ne pas y aller ! Donc je mentais souvent en prétendant être malade. Le plus drôle, c'est qu'on faisait venir le docteur et qu'il me trouvait toujours quelque chose ! Le problème, c'est qu'une fois je suis vraiment tombée malade et mon père ne m'a pas crue. Il m'a forcée à aller à l'école et j'ai fini à l'hôpital avec une pneumonie...

Ton père a dû se sentir terriblement coupable...

C'est la première fois que je l'ai vu pleurer...

Et durant ton adolescence, n'avez-vous pas connu des frictions avec ta mère ?

Les seules frictions que j'ai eues avec ma mère datent de cette époque-là. Je me souviens d'ailleurs encore de la dispute qui m'a valu ma première claque. Mes grands-parents devaient venir nous voir, et j'avais proposé à ma mère qu'on leur chante *Il jouait du piano debout* de Michel Berger. Nous avons commencé nos répétitions, moi au piano, et nous deux au chant, mais je trouvais que ma mère ne chantait pas juste. Je lui ai demandé de recommencer, elle s'est exécutée, mais je trouvais sa prestation toujours aussi mauvaise... Puis, je ne sais pas ce qu'il m'a pris, je me suis mise à l'engueuler, à grand renfort d'adjectifs peu sympathiques. La baffe est alors partie. Ma première et ma dernière. J'étais tellement vexée, que je lui ai juré que c'était la dernière chose qu'on faisait ensemble. Je n'ai même pas tenu une semaine !

Quelle relation as-tu avec ta mère aujourd'hui ?

Nous nous entendons à merveille. C'est une formidable maman. Elle a gardé sa jeunesse d'esprit. Elle est très cool, très ouverte, elle vit avec son temps et ça ne lui demande aucun effort. Nous nous appelons tous les deux jours… oui, je sais, nous avons une relation fusionnelle, mais ça me va très bien ! Mais elle n'est pas mon amie pour autant, il ne faut pas tout mélanger. Nous sommes fusionnelles, mais j'ai tout de même coupé le cordon ! Je ne vais pas tout lui raconter, mais lorsque je m'épanche, elle sait m'écouter et elle est de très bon conseil. Elle n'est pas du tout possessive, mais comme toutes les mères, lorsque je dois partir loin, elle se fait un sang d'encre. Dernièrement, j'ai dû partir au Maroc pour le « prime » de *Plus belle la vie* et elle s'est évidemment fait énormément de souci. D'autant plus que je partais sans mon mari, ce qui n'était pas pour la rassurer, car il n'y avait personne pour veiller sur moi… Il a donc fallu que je sois sur MSN tous les soirs !

Te titille-t-elle en te demandant de lui faire des petits-enfants ?

Pas plus que ça. Elle me dit juste qu'elle aura beaucoup de plaisir à s'occuper de ses petits-enfants. Pour elle, j'ai le temps. Mon père ne m'en parle pas non plus. Ce sont plutôt les parents de mon mari qui abordent fréquemment le sujet, car toutes ses sœurs ont déjà accouché, donc, maintenant, c'est à notre tour d'avoir des enfants !

À quelle fréquence vois-tu ta maman ?

Nous nous voyons dès que nous le pouvons. Soit nous faisons des « trucs de filles », comme aller au centre de beauté, au hammam, ou faire les boutiques, soit nous allons chez ma mère et mon beau-père, dans le Var. On y passe la journée ou le week-end. C'est toujours très agréable, convivial, et il n'y a jamais aucune tension.

Vous vous entendez donc bien, toi et ton beau-père...

Beaucoup mieux, maintenant... Il est du signe du lion, comme mon père, il a travaillé dans l'armée de terre, comme mon père, et au début, entre nous c'était donc très électrique, comme avec mon père. Au début de leur relation, j'avais du mal à accepter que ma mère puisse être avec un autre homme... Puis j'ai mûri, j'ai réalisé que ma mère était aussi une femme et qu'elle était heureuse comme ça. Aujourd'hui, j'ai pris de la distance avec tout ça, je suis beaucoup plus tolérante, donc moins agressive, et tout se passe beaucoup mieux. Pour moi, Gérard fait partie de la famille et je l'apprécie beaucoup.

Depuis combien de temps ta mère et Gérard sont-ils ensemble ?

Huit ans, comme Badri et moi.

Tes parents sont donc divorcés...

Oui et ce divorce a tué beaucoup de choses : c'en était fini des réunions familiales et des Noël grandioses. Sans parler du fait que le processus qui a conduit au divorce a été extrêmement pénible et douloureux. Mon père ne voulait pas se séparer de ma mère, ce qui n'arrangeait pas les choses. Le divorce a finalement été prononcé au moment où je vivais un drame personnel, je passais donc mes journées à l'hôpital, et mes soirées à supporter les disputes de mes parents. Quand les cris devenaient insupportables, je m'enfermais dans ma chambre, mais la violence de leurs mots traversait les murs. Leurs disputes effrayaient même ma chienne de l'époque, Lellie, qui se cachait avec moi dans ma chambre dès que leurs voix commençaient à retentir dans la maison…

Tu ne t'es jamais interposée ?

Si, vers la fin, car je ne parvenais plus à vivre avec leurs cris. Je leur répétais « séparez-vous ! » La situation n'était plus vivable… d'autant plus que mes frères n'habitaient plus à la maison. J'étais seule, au milieu de mes parents. Ce qui m'a énormément aidée, c'était le fait que je vivais à l'époque une très belle histoire d'amour. Je pouvais, de temps en temps, rentrer dans notre bulle d'amour et me couper de tout ce chaos. Ce qui fut très difficile à vivre, ce fut la réaction de mon père vis-à-vis de moi au moment du divorce : il m'a reproché énormément de choses, allant jusqu'à me dire que ma mère était partie à cause de moi… Et se débarrasser d'une telle culpabilité, crois-moi, ça demande du temps…

Quel père a-t-il été pour toi ?

Mon père était adjudant-chef dans l'armée de terre. Il était souvent en déplacement ou d'astreinte. Et niveau caractère, c'est un vrai militaire ! Il était assez droit, mais il n'a jamais levé la main sur moi. Chaque fois que je faisais une bêtise, c'était mes frères qui prenaient ! William et David m'en parlent encore aujourd'hui ! Il a été plus sévère avec eux, ils ont eu droit à l'éducation typiquement militaire. Moi, j'étais sa petite fille adorée et nous étions très proches. Certes, il n'était pas du genre à me gâter, mais de toute façon il n'en avait pas les moyens... Il n'a pas pu être le père qui par exemple m'achetait le cartable ou l'agenda que je voulais, mais j'étais tout de même sa petite chouchoute ! C'est lorsque je suis entrée au collège que notre relation s'est transformée ; il est devenu plus dur avec moi, mais aussi avec ma mère et mes frères. Cette atmosphère pesante a progressivement renforcé nos liens avec ma mère. Quand mes frères sont partis, il est devenu encore plus cassant, plus pénible, il s'exprimait souvent en criant. Parfois, je n'avais même pas envie de rentrer à la maison.

Qu'est-ce qui, à ton avis, a causé ce changement brutal d'attitude ?

Je n'étais plus sa « petite » fille, je commençais à « fréquenter » des garçons. Le coup de grâce fut ma relation avec Yannis. J'avais un homme dans ma vie, j'étais amoureuse, et je pense que mon père se sentait du coup délaissé, moins aimé. J'imagine que ce devait être très difficile pour lui de me voir devenir une femme, avec mes propres idées, mes propres envies et mes propres rêves.

Et comment ça se passe aujourd'hui, entre vous ?

C'est assez électrique. Lorsque l'on se voit, ça dégénère souvent en dispute... Je démarre au quart de tour, et lui, c'est tout pareil. Entre lion et cancer, c'est de toute façon la bagarre en permanence ! Mon père ne supporte plus ni ma mère, ni David, mon frère aîné, et lorsqu'il les critique, je les défends, donc automatiquement, la dispute déboule. Mon père a la fâcheuse habitude de radoter, il peste toujours à propos des mêmes choses. Résultat : on se retrouve souvent à parler des sujets qui fâchent.

À quelle fréquence vous voyez-vous ?

On se voit généralement une fois par mois. Mais si on est en froid, on peut ne pas se voir pendant plusieurs mois... Je me dis alors toujours la même chose : « Réagis, contacte-le. Lorsqu'il ne sera plus là, il va te manquer, donc profite de lui », j'essaie désespérément de me raisonner. Il me faut en général énormément de temps avant que l'autosuggestion ne fonctionne et que je le rappelle...

Comment ça se passe entre ton père et ton mari ? Est-ce autant électrique ?

Badri s'entend avec tout le monde, et mon père ne fait pas figure d'exception. Mon mari excelle dans l'art de pacifier les choses. Il essaie d'atténuer les tensions, relativise beaucoup, et joue souvent le rôle de médiateur. Lorsque mon père se plaint de moi, il va ainsi essayer de contourner le conflit en nous faisant comprendre que nous avons chacun nos torts...

Comment ton père vit-il ta célébrité ?

Il est un peu trop fier...

Un père peut-il être « trop » fier ?

Mon père s'occupait des journées d'appel de préparation à la défense. Il y a donc beaucoup de jeunes que je rencontre et qui ont été formés par mon père lors de ces journées. Et apparemment, la première chose que mon père dit lorsqu'ils les rencontrent, c'est : « Vous savez qui je suis ? Le père de Mélanie, de *Plus belle la vie*. » Pour certains, c'est très mignon, car cela montre combien il est fier de moi. Mais cela me met en fait très mal à l'aise...

C'est l'image qu'il donne de lui qui te met mal à l'aise ?

C'est plutôt lié à sa manière de parler de moi... Je l'ai surpris plusieurs fois en train de dire : « Je suis avec Mélanie » quand il est avec moi et qu'il reçoit un coup de téléphone d'un ami. Je ne suis pas Mélanie, je suis sa fille, Laëtitia...

Ça prouve tout de même qu'il est fier de toi...

Oui, bien sûr... Maintenant, il l'est...

Ça n'a pas toujours été le cas ?

Au début, mon père n'était pas convaincu par mon choix d'intégrer *Plus belle la vie*. Il me répétait sans arrêt que j'étais dans une série médiocre avec un rôle tout aussi médiocre et que je ferais mieux de faire autre chose de plus valorisant si je voulais que ma carrière démarre. Mais, pour sa défense, mon père n'a pas été le seul à réagir de cette manière par rapport à *Plus Belle*. Au début, je n'avais pas un rôle génial et beaucoup de gens autour de moi me servaient le même discours. Le succès de la série en a fait taire plus d'un… Mais je suppose que beaucoup de pères ont ce type de réaction lorsqu'ils voient leur enfant débuter dans ce métier, ils se demandent dans quoi il, ou elle, a mis les pieds. C'est sûrement la peur qui les fait réagir de manière virulente… J'essaierai d'avoir un comportement différent avec mes enfants, et de les accompagner dans leurs choix.

bébé, avec mes jouets

1980, moi entourée de William et David

3, David , Laëtitia et William

1980, mon baptême dans les bras de maman

0, Laëtitia, Mamie du coté paternel, William et David

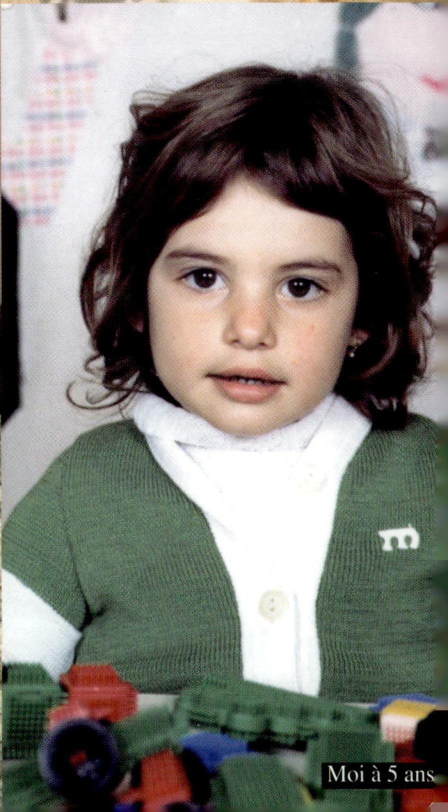
Moi à 5 ans

ans avec Polka ma chienne

À 7 ans, après mon spectacle de danse

De gauche à droite : David et William mes frères ; Fabrice et Sébastien mes cou
moi, ma cousine Emmanuelle, Olivier mon petit cousin et ma tante Évelyne

Noël 1987. Rangée de gauche : mon cousin Sébastien, ma cousine Sophie, David, ma tante Evelyne et Olivier, William.
Rangée de droite : au premier plan, ma cousine Emmanuelle, moi, mon cousin Fabrice, ma cousine Patricia et mon cousin Franck

Pâques, on venait de trouver les chocolats tous en famille chez tata Paulette

Noël 1986, Mathieu, moi, Emmanuelle et
Alain pendant notre fameux spectacle

grand mère maternelle et moi

Tonton Jojo et tata Paulette

Mon chat Satin et ma chienne Lellie

Pépé et mamie maternels

es parents et , à 11 ans, au restaurant

on beau-père Gérard et ma mère

Mon père avec sa paella

Ma première séance photo

Joyeux Noël !

La famille, c'est une grande table, et tout le monde autour.

LAËTITIA CASTA

À quoi ressemblaient les Noël de ton enfance ?

Les Noël de mon enfance ont toujours été de merveilleux moments. Chaque année, une de mes tantes maternelles recevait chez elle l'ensemble de la famille. C'était génial, car personne ne manquait à l'appel : les cousins, les oncles, les tantes et les grands-parents, et tout le monde se retrouvait dans un cadre très chaleureux. Le 24 décembre au soir on faisait la fête, le 25, les enfants avaient leurs cadeaux, et on partait soit le 25 au soir, soit le 26. On était entre une vingtaine et une trentaine. Je me souviens tout particulièrement de ceux qui avaient lieu chez ma tata Paulette, la sœur de ma mère. Elle habitait à Tours à l'époque, et avait une très grande maison dans laquelle elle avait aménagé une espèce de salle des fêtes, où il y avait le son stéréo, des spots… on avait l'impression d'être dans une boîte de nuit ! Parfois mes cousins et moi dormions dans des tentes, c'était vraiment l'aventure ! Une autre tradition de Noël, qui a dû durer jusqu'à mes 13, 14 ans, consistait à organiser un spectacle de danse. Et je me régalais à faire ça ! Je préparais une chorégraphie à laquelle participaient également mes cousines et mes cousins, même s'ils n'y connaissaient pas grand-chose. On en rit encore et on en garde tous de très bons souvenirs.

Étais-tu une enfant gâtée ?

Quand j'étais petite, il paraît que je disais sans arrêt « oh là, là ! ce n'est pas possible, je suis trop gâtée, je suis trop gâtée, arrêtez de me gâter ! » Même si je n'avais qu'un poupon et une Barbie, je disais que j'étais trop gâtée. Ma famille était pourtant très modeste… J'avais une tante, tata Claudine, qui est aujourd'hui décédée, et qui n'avait que très peu de moyens. Pour Noël, elle nous fabriquait une poupée en chiffon et en donnait une à chacun de ses neveux et nièces. C'est le cadeau qui m'a le plus marquée. Il y avait aussi ma grand-mère maternelle, qui nous donnait une enveloppe dans laquelle elle mettait vingt francs. Je repense à ces deux souvenirs avec beaucoup de tendresse. Je me souviens également de cette année où mes parents m'avaient acheté un synthétiseur, je devais avoir 11 ans. À l'époque, je faisais du piano au conservatoire et je réclamais un piano à la maison pour pouvoir m'entraîner, mais c'était beaucoup trop cher pour mes parents. Lorsque j'ai eu ce synthétiseur, j'étais aux anges ! Mais ce qui nous rendait heureux avant tout lors de ces « Noël de tata Paulette », c'était le fait d'être tous réunis durant ces quelques jours ; les cadeaux étaient secondaires.

Quel était le menu de Noël ?

En entrée, nous mangions des crevettes avec de la mayonnaise, que je m'empressais de dévorer, du foie gras, des escargots, des huîtres et une salade aux noix. Suivait ensuite la fameuse dinde farcie accompagnée de pommes dauphines, et au dessert, la traditionnelle bûche.

Quand as-tu cessé de croire au Père Noël ?

C'était lors d'un Noël chez tata Paulette, alors que je devais avoir 5 ans. Le 24 au soir, les adultes nous mettent au lit, mais ma cousine et moi n'arrivions pas à dormir. C'est alors qu'on entend des bruits qui provenaient du garage. On se dit, « super, ce doit être le Père Noël, on va enfin pouvoir le voir ! » Mais en fait, dans le garage, il n'y avait pas du tout l'homme à l'habit rouge. C'était nos mamans qui étaient en train d'arranger les cadeaux sous l'arbre !

Ça m'apprendra à vouloir mener ma petite enquête ! Dès que je sens que quelque chose cloche, je vais essayer de comprendre ce qu'il se passe, afin de découvrir la vérité ; ce trait de caractère ne m'a toujours pas quittée. Il m'était arrivé la même histoire pour la petite souris. Ma mère avait l'habitude de me mettre un ou deux francs sous l'oreiller et j'y croyais dur comme fer. Jusqu'au jour où j'ai fait semblant de dormir pour savoir à quoi ressemblait cette petite souris et j'ai vu ma mère me mettre la pièce sous l'oreiller… Et, pour te dire tout, j'ai même cru aux Cloches ! J'allais avec mes parents à la messe pour Pâques. Quand on partait, les œufs n'étaient pas dans le jardin, mais ils y étaient quand on revenait, donc pour moi, c'était une évidence que les cloches existaient !

Et aujourd'hui, que faites-vous avec ton mari pour Noël ?

J'achète un petit quelque chose à mes parents. On fait un repas amélioré avec mon père et un autre avec ma mère, en se partageant entre le 24 et le 25 décembre. Rien de transcendant, mais on le fête. Lorsqu'on vivra dans notre nouvelle maison, j'aimerais bien y organiser le réveillon avec ma famille, afin de redonner vie aux Noël de mon enfance !

Tes frères ne passent-ils pas Noël avec vous ?

William vient une année sur deux, car il se partage avec ses beaux-parents, quant à David, il vient rarement, car il ne peut pas fermer ses magasins pendant la période des fêtes.

Sachant que Badri et toi avez des cultures, et donc des traditions de Noël différentes, que choisirez-vous pour vos enfants ?

Je n'aimerais pas que l'on privilégie une religion. J'aimerais faire connaître à mes enfants les traditions à la fois chrétiennes et musulmanes. Je veux ainsi qu'ils connaissent les Noël que j'ai connus étant enfant, à décorer la maison, l'arbre, à préparer le repas. Mais aussi qu'ils connaissent les célébrations musulmanes : à l'Aïd, on ira par exemple chez les parents de Badri. J'aimerais leur faire connaître l'ambiance des grandes fêtes que Badri et moi avions l'habitude de célébrer enfants, puis ils choisiront leur religion quand ils auront suffisamment de connaissances et d'expériences pour le faire. Le plus important est que leur enfance soit riche de beaux souvenirs, car, lorsqu'ils regarderont en arrière, ça leur fera chaud au cœur.

Que ferez-vous pour le Père Noël ?

Ça, c'est une colle ! Je ne sais pas... Je voudrais que mes enfants aient un Noël enchanteur et pour cela, croire au Père Noël est un ingrédient essentiel. Mais le Père Noël existe dans les pays imprégnés par la religion chrétienne, ce qui reviendrait à ne plus être impartial comme on souhaite l'être avec Badri. C'est donc à voir...

Je vous livre ici mon menu idéal
pour le réveillon de Noël...

Gambas endiablées

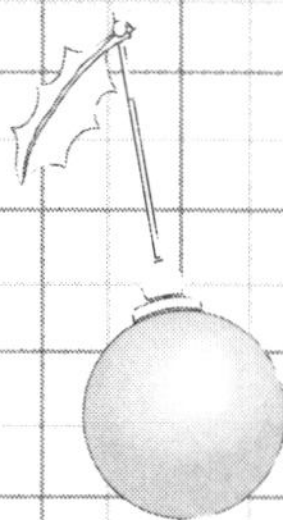

Ingrédients :

– 1 kg de gambas
– 1 poivron coupé en dés
– 1 tomate pelée et coupée en dés
– 5 gousses d'ail
– 25 g de beurre doux
– 6 cuillères à soupe de crème fraîche liquide
– 1 cuillère à soupe de concentré de tomates
– 1 cuillère à soupe d'harissa
– 1 cuillère à café de moutarde de Dijon
– sel, poivre.

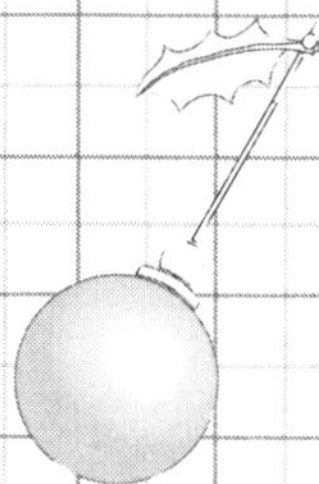

– Lavez vos gambas, sans les décortiquer.

– Hachez vos gousses d'ail.

– Préparez votre sauce en mélangeant dans un bol la crème fraîche, le concentré de tomates, l'harissa et la moutarde de Dijon. Réservez.

– Dans une poêle, faites fondre le beurre, rajoutez l'ail, les gambas, le sel et le poivre et faites revenir à feux doux pendant deux minutes. Retournez ensuite vos gambas qui

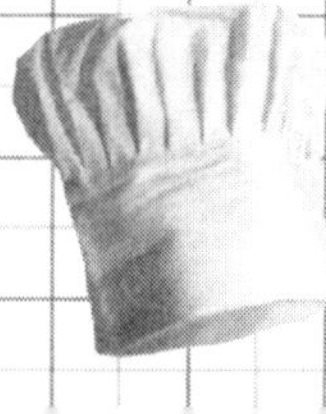

doivent avoir pris une teinte brunâtre et faites-les cuire pendant deux autres minutes.

– Versez dans la poêle votre sauce ainsi que les légumes préalablement coupés en dés, et laissez mijoter pendant cinq à sept minutes.

Coquilles Saint-Jacques à ma façon

Ingrédients :

– 10 coquilles Saint-Jacques, avec leur corail
– 8 moules
– 4 crevettes
– 2 gros champignons de Paris
– une demi-échalote.
– un demi-oignon blanc.
– une gousse d'ail
– 20 cl de lait
– un demi-verre de vin blanc sec
– 1 cuillerée à café de fumet de poisson
– 20 g de beurre doux
– 30 g de farine
– une pincée de noix de muscade râpée
– 2 cuillères à soupe de chapelure
– 4 cuillères à soupe d'huile d'olive
– du sel et du poivre.

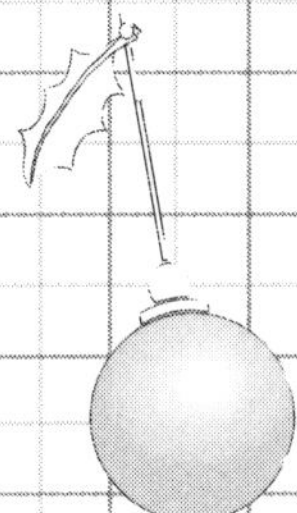

– Hachez l'oignon, l'échalote et l'ail. Faites-les revenir quelques minutes dans de l'huile d'olive, avec le vin blanc et le fumet de poisson. Mettez de côté.

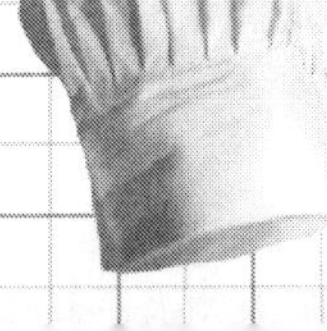

– Coupez ensuite les champignons et faites-les revenir dans de l'huile d'olive. Mettez-les de côté. Faites ensuite cuire, seulement pendant quelques minutes, les coquilles Saint-Jacques. Réservez-les, et conservez le jus de cuisson. Faites la même chose avec les moules.

– Préparez ensuite votre béchamel améliorée. Faites un roux blanc en faisant fondre votre beurre et en le mélangeant avec la farine. Rajoutez le jus des coquilles Saint-Jacques, celui des moules et la sauce au vin blanc. Puis, petit à petit, le lait, en essayant de garder une consistance « semi-épaisse ». Salez, poivrez et ajoutez la noix de muscade.

– Dans des ramequins, disposez sur le fond de la sauce béchamel, puis une couche de champignons, ensuite les coquilles Saint-Jacques, les crevettes et les moules. Terminez avec une nouvelle couche de sauce. Recouvrez de chapelure et mettez au four (à 200 °C) pendant dix minutes.

La fameuse dinde farcie

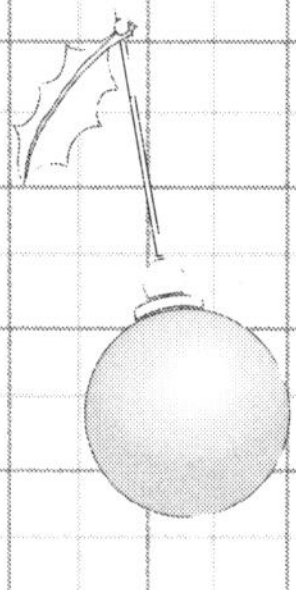

Ingrédients :

– une dinde avec son foie
– 4 cuillères à soupe de cognac
– 20 châtaignes
– 500 g hachis de veau
– huile d'olive
– sel et poivre.

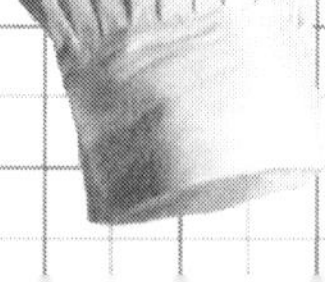

– La veille au soir, faites mariner le foie de dinde dans le cognac.

– Le lendemain, lavez soigneusement la dinde à l'eau froide, séchez-la. Salez et poivrez l'intérieur.

– Incisez ensuite en croix les châtaignes, faites bouillir de l'eau dans une casserole et laissez-y cuire les châtaignes pendant dix minutes. Passez-les sous l'eau froide pour les rafraîchir et décortiquez-les pour ne garder que la chair.

– Retirez le foie du cognac et hachez-le très fin. Mélangez ensuite le hachis et la moitié des châtaignes, puis rajoutez le foie à cette farce.

– Préchauffez votre four à 180 °C.

– Ouvrez la dinde, garnissez-la avec la farce et recousez l'ouverture. Ficelez-la et posez-la, poitrine en dessous, dans votre plat. Arrosez d'huile et passez au four pour trois quarts d'heure environ. Durant la cuisson, arrosez la dinde toutes les dix minutes avec le jus qui s'est formé dans le plat. Une fois les quarante minutes écoulées, augmentez la température du four à 200 °C, retournez votre viande et poursuivez la cuisson pendant une demi-heure.

– Ajoutez le reste des châtaignes, salez et poivrez la dinde et laissez-la cuire encore dix minutes.

– Servez avec des fagots de haricots verts.

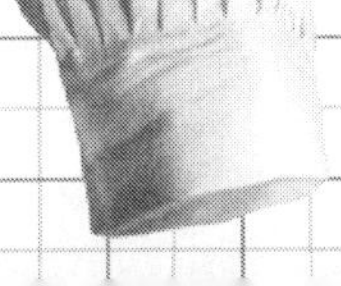

La traditionnelle bûche de Noël au chocolat

Ingrédients :

– 100 g de cacao en poudre
– 175 g de chocolat à fondre
– 6 œufs
– 150 g de sucre en poudre
– 50 g de sucre glace
– 25 cl de crème fraîche liquide
– 1 cuillerée à soupe de rhum
– 3 cuillerées à soupe de café.

– Coupez votre chocolat en morceaux et faites-le fondre au bain-marie ou au micro-ondes. Ajoutez le café et mélangez jusqu'à ce que la pâte chocolatée devienne homogène.
– Séparez le blanc des jaunes. Battez les jaunes avec le sucre jusqu'à ce que le mélange devienne mousseux et blanc. Ajoutez le chocolat fondu.
– Battez vos blancs d'œufs en neige ferme, et ajoutez la neige à la préparation au chocolat.
– Placez du papier sulfurisé dans un plat à génoise, beurrez et versez-y votre pâte. Enfournez pour un quart d'heure à 180 °C. Démoulez ensuite et laissez refroidir.
– Montez la crème fraîche en crème fouettée. Ajoutez le sucre glace et le rhum.
– Nappez la totalité de votre biscuit avec votre crème fouettée et une fois l'opération finie, roulez votre biscuit. Saupoudrez de cacao toute la surface.
– Amusez-vous à décorer !

My Valentine…

J'adore les surprises et quand on ne m'en fait pas,
je les provoque pour me les faire moi-même.

PIERRE DAC

Comment célèbres-tu la Saint-Valentin ?

Nous boycottons la Saint-Valentin car nous trouvons que c'est une fête commerciale. Il ne devrait pas y avoir de date pour célébrer l'être aimé, ce devrait être tous les jours. Un cadeau n'est pas nécessaire, une petite attention suffit : remplacez un simple dîner par un dîner aux chandelles et avec seulement deux bougies, vous venez de prendre soin de votre moitié. Il faut parfois un petit rien pour rendre l'ordinaire extraordinaire…

La routine m'effraye, et dès que j'ai une occasion de la chasser, je ne peux pas résister ! Ce que j'aime faire, c'est mettre un peu de piquant dans notre quotidien, et dans notre couple, en choisissant au hasard des soirées ou des journées lors desquelles je vais prendre soin de mon petit mari. C'est tout de même plus amusant que de célébrer l'être aimé tous les 14 février ! Je vais par exemple cuisiner un dîner et me mettre sur mon trente-et-un. Ou lorsqu'il rentre du boulot, je l'attends en portant des dessous sexy que je me suis achetés pour l'occasion… J'aime également organiser des journées « surprise » : je l'emmène par exemple aux îles du Frioul ou faire du cheval, ce qui nous permet de faire un pied de nez (bien mérité) au quotidien. Je me souviens d'une année où j'avais organisé une de ces journées la veille de mon anniversaire ; je ne te dis pas combien il avait été surpris ! Il m'arrive aussi d'acheter un cadeau à Badri sans raison particulière. Mais je ne lui offre jamais d'une manière conventionnelle. Je cache toujours les cadeaux, soit sous l'oreiller, ce qui est, je dois l'avouer, notre cachette favorite, soit, si je suis d'humeur joueuse ou taquine, dans n'importe quel recoin de la maison. Je suis la spécialiste pour trouver la cachette à laquelle personne n'aurait pensé ! Tu imagines donc ce que je compte faire quand nous aurons notre jardin : il sera obligé de grimper aux oliviers pour l'avoir son cadeau ! Ces moments où tu fais naître quelques étincelles dans les yeux de la personne que tu aimes sont infiniment précieux.

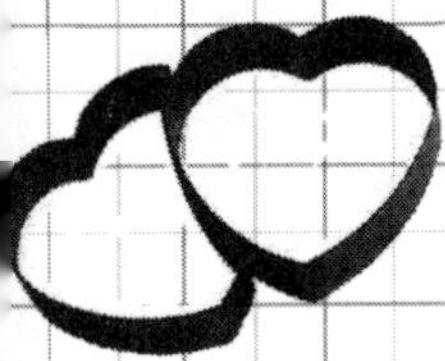

Voici mon menu idéal pour faire naître ces fameuses étincelles dans les yeux de votre moitié.
Testé et approuvé par mon mari !
Alors, affolons (les papilles de) votre bien-aimé(e)…

Crème d'avocats à la créole

Ingrédients :

– 2 avocats
– 4 bâtonnets de surimi
– 1 cuillerée à soupe de mayonnaise relevée.

– Faites une purée avec la chair de vos deux avocats.

– Râpez vos surimis.

– Déposez dans une verrine une couche de surimi, une couche de purée d'avocats.

– Répétez l'opération jusqu'à ce que vos verrines soient remplies, et terminez par une pointe de mayonnaise relevée. Mettez au frais pendant une heure et demie.

Coquilles Saint-Jacques aux langoustines

Ingrédients :

– 6 coquilles Saint-Jacques
– 300 g de langoustines

– 1 carotte
– 1 demi-oignon
– 1 échalote
– 1 tomate
– 1 cuillerée à soupe d'huile d'olive
– 1 cuillerée à soupe d'huile d'arachide
– 1 gousse d'ail
– 1 cuillerée à soupe d'armagnac
– 1 cuillerée à soupe de porto rouge
– 10 cl de vin blanc sec
– 15 cl de crème fraîche liquide.
– 1 branche de thym
– 2 feuilles de laurier
– 2 branches de persil
– 30 g de beurre
– sel et poivre.

– Versez vos huiles dans un fait-tout et faites y revenir les langoustines pendant quelques minutes. Décortiquez ensuite vos langoustines et réservez-les. Passez la moitié des carapaces au mixeur.

– Coupez en dés la carotte, l'oignon et l'échalote et faites revenir le tout pendant quelques minutes. Ajoutez ensuite l'ail, le laurier, le persil, le thym, les carapaces hachées, l'armagnac, et le porto. Couvrez, et portez à ébullition. Ajoutez le vin blanc, la tomate coupée en dés, puis réduisez le mélange. Ajoutez ensuite la crème, le sel et le poivre et laissez cuire dix minutes supplémentaires.

– Ajoutez ensuite le beurre puis passez le tout au mixeur.
– Préchauffez votre four à 200 °C.
– Coupez vos Saint-Jacques en gros dés et répartissez-les dans vos deux ramequins. Ajoutez les langoustines, puis recouvrez de sauce.
– Enfournez. Laissez cuire jusqu'à ce que le mélange brunisse.

Amandine poire chocolat

Ingrédients :

– 1 boîte de poires au sirop
– 100 g de poudre d'amande
– 3 cuillerées à café de Maïzena
– 150 g de sucre cassonade
– 100 g de chocolat noir
– 3 gros œufs
– 2 jaunes
– 5 cuillerées à soupe de crème fraîche épaisse
– 2 cuillerées à café d'extrait de vanille
– quelques amandes effilées
– 2 cuillerées à café de sucre glace pour la décoration.

– Mélanger dans un saladier la poudre d'amande, le sucre et la Maïzena.
– Retirez les poires de leur sirop et coupez-les en dés.

– Battez les œufs entiers et les jaunes en omelette, puis ajoutez la vanille, la crème fraîche et mélangez jusqu'à l'obtention d'une pâte homogène.

– Dans des ramequins, disposez quelques dés de poire, quelques carrés de chocolat, et recouvrez de crème. Disposez quelques amandes effilées sur le dessus et enfournez à 180 °C pendant une vingtaine de minutes. Une fois sorties du four, saupoudrez de sucre glace et servez tiède.

PETITES ESCAPADES AMOUREUSES HEXAGONALES

CARNET DE VOYAGE

Autre manière de mettre du piment dans votre couple, programmez un petit week-end en amoureux ! Voici quelques suggestions…

Paris

Mes coups de cœur…

La Comédie-Française où je suis allée voir pas mal de pièces du répertoire classique, notamment dans la salle Richelieu, qui se trouve dans le superbe quartier du Palais-Royal. Une autre manière d'aborder les incontournables de la littérature classique, non pas en les lisant, mais en étant spectateur, en live quoi. Fantastique expérience !

L'Opéra Garnier, où je suis allée voir de nombreux ballets dont je ne me lasse jamais, comme *Don Quichotte*, *Giselle*, *La Dame aux Camélias*, *La Belle au bois dormant*, ou encore *Le Lac des cygnes* et *Casse-Noisette*, que j'ai déjà dansés.

Le musée du Louvre, où je suis allée un nombre incalculable de fois, et je ne suis pas la seule : ce musée est le plus visité au monde avec plus de huit millions de visiteurs par an ! Je peux passer une heure devant un tableau, en laissant mon imagination vagabonder sur la scène qu'il représente ou l'artiste qui l'a peint. Ça me repose et me vide l'esprit.

Le jardin du Luxembourg, qui est cher à mon cœur, car j'y ai d'excellents souvenirs. Nous allions très souvent y courir avec mon mari. Après notre footing, on s'installait sur un banc et on parlait pendant des heures… Parfois j'emmenais également promener mon chat Satin en laisse, ces balades dans le jardin du Luxembourg le rendaient hilare !

Mes restos

La Maison du Kashmir, 8 rue Sainte-Beuve dans le VIe.

Music-hall, 63, avenue Franklin D. Roosevelt dans le VIIIe.

La Crêperie des Canettes, 10, rue des Canettes, dans le VIe.

Le Réconfort, 37, rue de Poitou, dans le IIIe.

Café Sud, 12, rue Castellane, dans le VIIIe.

Mes cafés

Le Café Zéphyr, 12, boulevard Montmartre, dans le IXe.

Le Carré, 18, rue du Temple dans le IVe.

A Priori Thé, 35-37, passage Vivienne dans le IIe.

Le Malongo café, 50, rue Saint-André des Arts dans le VIe.

Le Trésor, 7, rue du Trésor, dans le IVe.

Strasbourg

Une ville dépaysante, on se croirait dans un autre monde. L'architecture est exceptionnelle, les petites rues passantes superbes, et les vins sont exquis ! Une visite s'impose au moment de son marché de Noël, surtout sur la place de la Cathédrale qui brille de mille feux avec ses grandioses illuminations.

Mon resto

L'Éden, 6, place Arnold.

La Côte d'Azur

Un vrai paradis sur terre avec ses criques, ses calanques, ses épices, sa lavande et son soleil. J'avais organisé un anniversaire surprise à Badri sur l'île de Porquerolles où nous avions passé trois jours sur un voilier. Un week-end en amoureux inoubliable. Un autre endroit à visiter absolument, le petit village d'Eze, qui offre une vue imprenable sur la baie de Saint-Jean Cap Ferrat.

Mes restos

L'Arbousier, à l'angle de la rue Marius Allongue, à Saint-Raphaël.

La Case Créole, 83, rue Georges Clemenceau, à Cannes.

Chez Bruno, Le Plan campagne Mariette, 2350, route des Arcs, à Lorgues.

Les Pêcheurs, 18, quai des Docks, à Nice.

Le figuier de St Esprit, 14, rue St Esprit, à Antibes.

La Bretagne

La première fois que j'ai mis les pieds en Bretagne, j'étais encore une enfant. Nous étions allés voir des amis de mes parents à Brest. Je me souviens tout particulièrement de l'Océanopolis, cet aquarium géant qui venait d'ouvrir. Sa visite m'avait émerveillée. J'ai découvert Saint-Malo un peu plus tard, grâce à Yannis, mon ex-copain, qui avait insisté pour aller au festival de la BD, Le Quai des bulles. Je suis par la suite retournée en Bretagne avec Badri, qui m'avait offert un petit séjour de thalassothérapie. Cancale, d'où on peut voir le Mont-Saint-Michel, m'a particulièrement marquée. Je me souviens de la dégustation d'un plateau d'huîtres appelées « creuses de Cancale », sur le petit port, face à l'océan qui nous ramenait continuellement son parfum iodé. Il y a également l'île aux Moines dans le golfe du Morbihan, en face de Vannes, qui est un autre de ces lieux paradisiaques dont la France regorge. Avec ses maisons aux portes et volets colorés, on a l'impression de se retrouver dans un décor de cinéma.

Mes restos

La crêperie des beaux-arts, 23, rue Émile Zola, à Brest.

La P'tite Parlotte, 6, rue Gustave Flaubert à Saint-Malo.

La Savoie

Chamonix Mont-Blanc est une de mes stations de ski préférées. La première fois que je suis allée au ski avec Badri, c'était d'ailleurs à Chamonix, où nous avions loué un chalet. En été, n'hésitez pas à vous offrir un vol en parapente depuis Planpraz, la vue sur les Aiguilles de Chamonix est spectaculaire. Un autre superbe endroit à visiter est Valloire. J'y avais été invitée pour le festival de la sculpture sur glace ; nous y avions passé quatre jours avec Badri. Pour éviter de me casser une jambe, j'ai malheureusement été privée de pistes rouges et noires, contrat avec *Plus belle la vie* oblige ! J'ai également fait de nombreuses randonnées dans le parc de la Vanoise, où j'ai même eu la chance de croiser quelques marmottes ! La gastronomie savoyarde m'a laissé d'excellents souvenirs : c'est là-bas que j'ai mangé les meilleures raclettes et fondues.

Mes restos

La Chatelle, 3, rue Paul Proust, à Ugine.

L'Escarnavé, rue des grandes Alpes, à Valloire.

La Touraine

Je n'oublie pas, bien entendu, mes racines ! J'ai visité tous les châteaux de la Loire, sans exception, et pour certains, plusieurs fois. Je n'ai fait découvrir à Badri qu'Azay-le-Rideau pour le moment. J'ai choisi ce château car c'est celui que j'aimais le plus quand j'étais enfant : je me prenais pour une vraie petite princesse lorsque j'étais à l'intérieur.

Mes restos

Olivier Arlot, 33, rue Colbert, à Tours.

Le Bacchus, 55, rue du Grand Marché, à Tours.

La Camargue

Je m'y sens chez moi, j'y vais hiver comme été, ne serait-ce que pour un week-end, afin de me ressourcer et décompresser. J'y fais très souvent des promenades à cheval, le long des plages sauvages. Ce sont des moments de liberté et de complicité avec le cheval et la nature qui me sont indispensables. Pour notre mariage, mon frère David nous avait offert un coffret pour un week-end romantique. Il a eu une idée de génie, car ça nous a fait une petite escapade, une coupure pendant l'année. Nous sommes allés en Camargue, dans un endroit très sympa appelé L'Auberge cavalière. On était dans une petite hutte, rien que nous deux, et le dîner était exquis. On en garde un souvenir formidable.

Mon resto

L'Auberge cavalière, route d'Arles D 570, aux Saintes-Maries-de-la-Mer.

La Corse

Elle porte bien son nom d'île de beauté. C'est une région magnifique. Je suis d'ailleurs fan de leur liqueur de châtaigne, qui est succulente. J'ai passé beaucoup de temps à Porto-Vecchio et Bonifacio. On avait été invités à un festival du rire à Porto-Vecchio avec Ambroise Michel (Rudy dans *Plus belle*). Nous nous sommes éclatés en journée à faire du ski nautique, du jet ski, du cheval ou encore du canyoning. C'est d'ailleurs lors de ce festival du rire que

j'ai connu Les Bonimenteurs, dont le show d'improvisation était à mourir de rire. Lors d'un autre séjour en Corse-du-Sud, nous avions séjourné à l'auberge A Pignata où on a goûté à de nombreuses spécialités corses. J'avais également organisé un week-end surprise à mon homme, qui adore la Corse, à Bonifacio où nous avions séjourné à l'hôtel U Capu Bianco. À visiter absolument : le parc marin des bouches de Bonifacio, une réserve naturelle, ainsi que le cimetière marin, splendide le soir. Offrez-vous également un pain des Morts, une brioche typiquement bonifacienne fourrée aux raisins secs et aux noix et allez la déguster au Café des falaises qui surplombe le port de Bonifacio.

Mes restos et mon bar à vin

L'Antigu, 51, rue de Borgo, à Porto-Vecchio.

A licetta, quartier Baccaggio, à Porto-Vecchio.

Les plaisirs du vin, 3, rue Général de Gaulle, à Porto-Vecchio.

PETITE ESCAPADE AMOUREUSE À ROME

CARNET DE VOYAGE

Je suis une grande fanatique de l'Italie. J'ai visité le pays du nord au sud. Je suis folle de son architecture, de son patrimoine historique, de sa mode, et bien évidemment de sa gastronomie. Ma cousine y habitant, mes escapades romaines ont été nombreuses, mais rien ne me lasse, et tout continue de m'émerveiller comme au premier jour !

LES INCONTOURNABLES

Je ne ferai pas d'affront à la cité romaine et vous conseille donc de vous précipiter aux pieds des monuments qui font la célébrité de Rome : **le Panthéon,** ce temple dédié aux divinités romaines qui fut transformé en église chrétienne au VIIe siècle ; l'imposant Colisée, où se déroulaient, entre autres, les combats de gladiateurs ; ou encore la fontaine de **Trevi** où il faut aller jeter notre petite pièce pour faire notre petit vœu, car sincèrement, si on ne le fait pas dans cette fontaine, on ne le fait plus ailleurs ! Visiter les vestiges de la Rome Antique me procure un dépaysement total : je me surprends souvent à imaginer le peuple romain en train de déambuler dans les ruelles qui conduisent à **Trevi** ou se presser aux pieds du Colisée pour assister à une course de chars !

MES COUPS DE CŒUR

– ***Les Thermes de Caracalla :*** un véritable spa de l'époque ! En plus, les Romains ne faisaient pas les choses à

moitié : leur espace détente était gigantesque : il s'étendait sur dix hectares et pouvait accueillir jusqu'à mille six cents baigneurs !

– ***Le Teatro di Marcello,*** à côté du Capitole, où l'on peut encore assister à des spectacles ;

– ***Le Vittoriano,*** qui se dresse, colossal, au milieu de la Piazza Venezia. Du haut du monument, la vue y est impressionnante ;

– ***Le Castel Sant Angelo ou Château Saint-Ange,*** situé sur la rive droite du Tibre, dans le quartier de Borgo, tout près du Vatican, un monument qui vaut le détour ;

– ***Une balade le long du Tibre*** s'impose également, surtout au bras de votre amoureux(se) !

À table !

Testés et approuvés, voici quelques endroits où faire bonne chère :

– ***La Taverna degli Amici*** sur la Piazza Mangana, tout simplement succulent. Vous serez sûrement les seuls touristes à vous y rendre, car ce restaurant n'est fréquenté que par des Italiens, un gage de qualité !

– ***Old Bear,*** une taverne coincée dans une minuscule rue, tout près de la Piazza Navona. Parfait endroit pour les petits budgets ou les verres entre amis.

– ***Ristorante 34,*** près de la Piazza di Spagna, un refuge très sympathique près de cette place très animée.

Mon voyage de noces

Des nuits d'amour à plus finir,
Un grand bonheur qui prend sa place,
Des ennuis, des chagrins qui s'effacent,
Heureux, heureux, à en mourir.

ÉDITH PIAF, extrait de *La vie en rose*

Comment avez-vous choisi la destination de votre voyage de noces ?

On savait déjà qu'on ne voulait pas partir juste après le mariage. On voulait aller se dorer au soleil pendant les fêtes de Noël et du Nouvel An… Nous rêvions de ça.

Cela n'enlève-t-il pas la magie de partir en lune de miel plusieurs mois après le mariage ?

Nous sommes partis en vacances quelques jours après notre mariage, mais ce n'était pas notre lune de miel… Nous sommes allés en Thaïlande, c'était un cadeau de Badri… Pour le voyage de noces, nous avions d'autres destinations en tête : moi je penchais pour les Seychelles, et Badri pour les Maldives. On a fait quelques recherches sur Internet pour savoir ce qu'offraient exactement ces deux destinations et on a trouvé qu'aux Seychelles, il y avait plus de choses à faire, et à voir. Car, ce qui était sûr, c'est que je n'avais pas du tout envie de passer quinze jours allongée sur ma serviette ! Je n'allais évidemment pas partir faire du trekking dans la forêt amazonienne pour ma lune de miel, mais la notion de « découvertes », au pluriel, est pour moi cruciale dans un voyage : le fait de découvrir un nouvel endroit ne suffit pas, j'ai besoin d'y rouler ma bosse. Et je trouvais que les Seychelles correspondaient plus à mes envies.

Comment tes parents ont-ils pris le fait que tu ne passais pas Noël avec eux ?

Le seul fait que je parte quelque part inquiète ma mère ! Maintenant, que ce soit pour Noël ne l'a absolument pas dérangée. Par contre, mon père était déçu que l'on ne passe pas Noël en famille… Je ne prône pas l'égoïsme, mais de temps en temps, c'est tout de même bien de penser à soi, de se faire plaisir, et de profiter de la vie tant qu'on est en bonne santé.

Alors, sur quelle île paradisiaque avez-vous finalement atterri ?

Je ne pouvais pas me résoudre à une lune de miel où la plage serait la principale attraction, donc j'ai usé de tout mon charme auprès de mon homme et on a finalement choisi les Seychelles… pour me faire plaisir…

Qui s'est occupé de réserver ?

Nous avons eu énormément de chance, une chance qui, j'en suis consciente, n'est pas donnée à tout le monde : c'est mon agence de presse qui s'est occupée de nous réserver le voyage, car ma lune de miel devait faire la Une du magazine *Gala*. On a juste eu à les informer de notre choix de destination et ils nous ont réservé les billets et l'hôtel… On avait un bungalow qui donnait sur la plage, c'était paradisiaque. Mais c'est tout de même de là-bas que je reviens avec mon plus mauvais souvenir de voyage, il faut le faire !

Que vous est-il arrivé ?

Le premier jour, dès notre arrivée, on dépose nos bagages et on court s'installer sur la plage, au soleil. C'est alors qu'une dame me reconnaît. Elle vient nous parler et nous explique qu'elle passe la moitié de l'année aux Seychelles et l'autre en France. Puis elle nous dit : « Je vous vois vous allonger sur le sable, mais vous ne devriez pas, à cause des *sun-flights*. » Évidemment on ne savait pas ce qu'étaient les *sun-flights* ! Elle nous explique que ce sont des mouches de sable qui piquent, piqûres qui se transforment en boutons qui « démangent atrocement ». Tu t'imagines bien qu'on n'a pas du tout suivi ses recommandations… Résultat : on a passé cinq jours à admirer nos boutons qui nous « démangeaient atrocement », sans pouvoir s'exposer au soleil ! Mais on n'en est pas morts pour autant. On a juste un peu plus bougé que prévu. La plongée, le vélo ou encore le canoë-kayak sont venus remplacer les sessions paresseuses que nous avions prévues sur le sable blanc ! Ça nous apprendra…

Si c'est votre agence de presse qui a organisé votre lune de miel, cela signifie-t-il que des photographes vous ont suivis pendant tout le séjour ?

Non ! Il ne faut tout de même pas exagérer ! Les photographes sont arrivés le troisième jour et on avait bloqué un jour et demi pour faire les photos. Un d'entre eux connaissait bien les Seychelles. Il nous a donc montré certains endroits, comme l'île de la Digue, où nous sommes retournés plus tard avec Badri.

Comment t'es-tu débrouillée pour le maquillage et la coiffure ? Car je suppose que tu n'avais ni ta maquilleuse ni ta coiffeuse avec toi !

Le reportage a été 100 % naturel ! Puis comme il s'agissait de photos de plage, il n'y avait pas non plus besoin de grandes coiffures ou d'artifices...

Outre le côté paradisiaque de l'île, qu'est-ce qui vous a particulièrement plu aux Seychelles ?

Les fonds marins sont à couper le souffle ! J'ai fait mon baptême de plongée là-bas, mais sincèrement, le snorkeling suffit : avec ton tuba, ton masque, et tes palmes, tu vois des espèces de poissons d'une rare beauté. Nous avons également visité un parc national marin destiné à la protection des tortues géantes en liberté. Les navettes venaient te déposer le matin sur l'île et te chercher le soir. Tu avais tout un circuit à faire au milieu de ces tortues de plus d'un mètre et de plusieurs centaines de kilos, on avait l'impression d'être Indiana Jones ! On a d'ailleurs connu une expérience assez drôle : au milieu de notre promenade, on a tout à coup entendu des tortues crier de douleur. Elles semblaient agoniser… Avec Badri, on essaie alors de savoir d'où vient le bruit, afin de faire cesser ce massacre (notre âme d'Indiana Jones qui nous poursuit). Lorsqu'on les trouve enfin, on se rend compte que les tortues ne couraient aucun danger, au contraire : elles faisaient tout simplement l'amour !

Toi qui aimes bien la bonne chère, quelles sont les saveurs culinaires qui t'ont marquée aux Seychelles ?

Sur l'île de la Digue, il y avait un restaurant qui était tout en hauteur, où tu mangeais des gambas à la crème et à l'ail : excellentissimes. On allait à la Digue rien que pour manger dans ce restaurant ! Pourtant, s'y rendre n'était pas simple : depuis Praslin, où se trouvait notre hôtel, il fallait prendre une navette qui t'emmenait le matin et te ramenait le soir. On en profitait pour faire du vélo durant la journée, afin de profiter des paysages, étourdissants de beauté. Ce qui était tout aussi étourdissant, c'était la montée qu'il fallait grimper en vélo afin d'arriver au restaurant… Croismoi, on les voulait vraiment nos gambas à la crème !

Comment avez-vous alors célébré Noël et Nouvel An là-bas ?

Il y avait une fête organisée à l'hôtel pour Noël et une pour le Nouvel An. Nous nous sommes apporté notre petit cadeau et nous avons fêté ça comme il se doit ! Mais c'était tout de même difficile de sentir l'atmosphère de Noël avec 30 °C à l'ombre !

Ça a dû vous faire tout drôle de rentrer après ces deux semaines de dépaysement total…

Ça, c'est certain ! Quand tu t'es habitué à manger au restaurant tous les jours entouré de paysages paradisiaques, c'est difficile de se remettre au fourneau ou au travail en rentrant ! On prend vite l'habitude de ne rien faire… C'était tellement jouissif d'avoir notre petit dîner aux chandelles tous les soirs, dans ce restaurant qui se trouvait au milieu de la plage ! Et puis, bien évidemment, je ne te dis pas pendant combien de temps j'ai salivé sur mes gambas de la Digue !

CARNET DE VOYAGE

LES DÉTAILS DE NOTRE ESCAPADE THAÏLANDAISE

En quel honneur ton mari t'emmenait-il en Thaïlande ?

C'était un cadeau pour mon anniversaire. Nous sommes partis le 3 juillet, trois jours après notre mariage. C'est un super-souvenir. Durant vingt jours, on a fait un circuit avec une guide qui nous a conduits du nord au sud. Ça n'a pas été de tout repos, mais pour nous il n'était pas question d'aller en Thaïlande et de se la couler douce, il y a tellement de choses à voir ! C'est seulement à la fin du voyage, que nous nous sommes accordé du repos à Koh Lanta, Kho Phi Phi et Phuket, au sud, des endroits paradisiaques. Deux autres personnes ont fait le voyage avec nous et nous étions accompagnés d'une guide.

Qu'est-ce qui t'a le plus marquée en Thaïlande ?

Énormément de choses m'ont marquée et touchée, à commencer par ses habitants. Même dans les villages les plus modestes, les habitants nous offraient toujours leur sourire, ils étaient serviables et accueillants. J'ai également connu une expérience extraordinaire : faire une randonnée de plusieurs jours à dos d'éléphants, des animaux sacrés en Thaïlande. La culture thaïlandaise est épatante, le pays regorge de temples magnifiques, dont nous n'avons pu voir qu'une infime partie, et leurs traditions ne peuvent pas laisser indifférent. Le lundi, il est par exemple très fréquent de voir des Thaïlandais tout de jaune vêtus.

Une tradition rendant hommage à leur roi, né un lundi, jour symbolisé par la couleur jaune. Ce que j'ai également trouvé absolument formidable, c'est Monkey Beach, dans le Sud, une plage où les singes vivent en liberté. Tout ça nous a fait un bien fou. C'est important de déconnecter complètement au moins une fois par an. Cela remet les idées en place et permet par la suite de moins stresser au quotidien pour des broutilles.

Printemps

Là où l'on s'aime, il ne fait jamais nuit.

Proverbe africain

Ma Playlist du printemps

Le printemps est la saison des amours.
Mettons donc un peu de romance dans l'air…

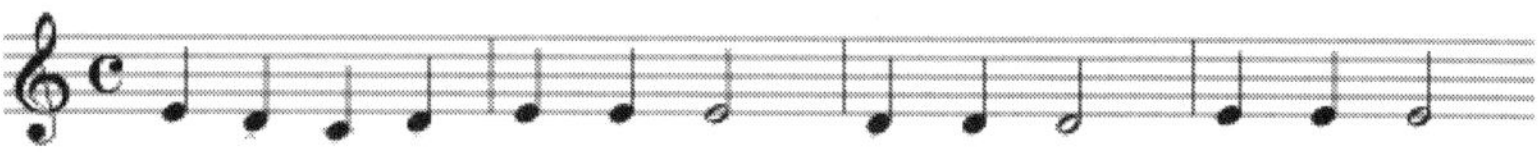

L'ENCRE DE TES YEUX de Francis Cabrel, une des plus belles chansons de mon chanteur préféré.

LE COUP DE SOLEIL de Richard Cocciante, pour ma mère, qui adore cette chanson.

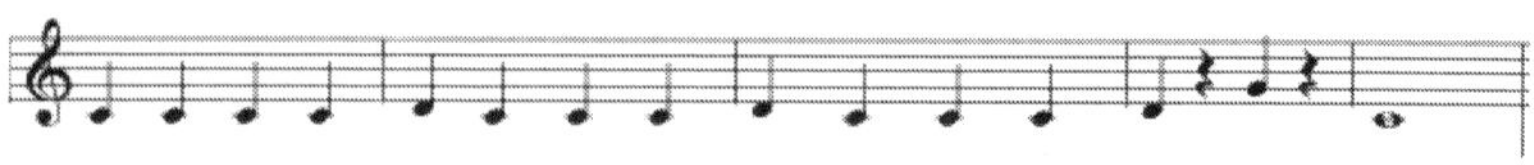

UNBREAK MY HEART de Tony Braxton, en souvenir de Yannis, qui a brisé mon cœur en partant.

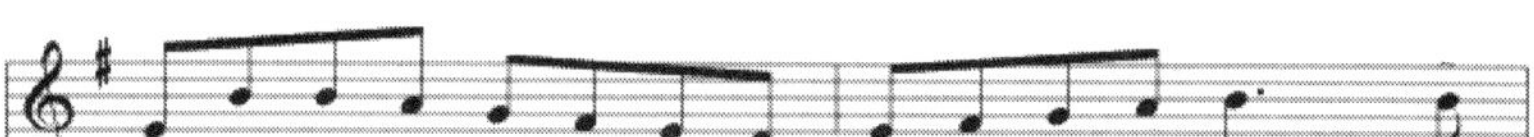

TOMORROW NEVER DIES de Sheryl Crow, ce générique de James Bond est la chanson sensuelle par excellence !

SEXUAL HEALING de Bob Marley, idéal pour une soirée d'amour…

SIX PLAY de George Benson, THE chanson d'amour de George Benson, incontournable.

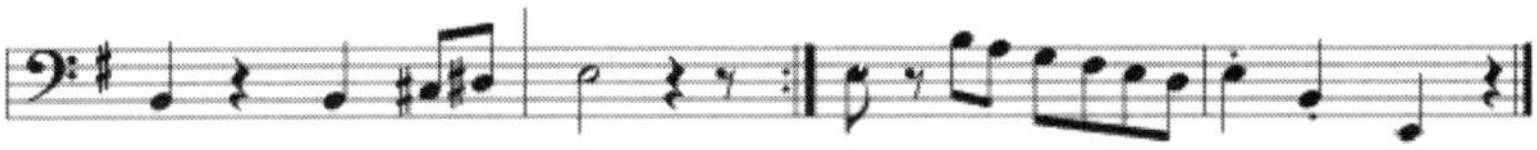

STOP de Sam Brown, la sensualité à fleur de peau.

FOOL OF ME de Me'Shell Ndegéocello, la chanson détente par excellence, idéale pour un moment de lecture.

JE FAIS DE TOI MON ESSENTIEL d'Emmanuel Moire, je la dédie à Badri.

I CALL IT LOVE de Lionel Richie, THE chanson d'amour de Lionel Richie.

LA VIE FAIT CE QU'ELLE VEUT de Julie Zenatti, les paroles de cette chanson me parlent, j'aurais pu écrire ces mots…

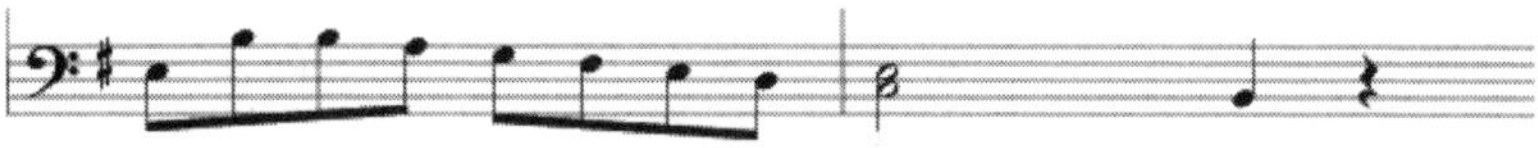

TU TROUVERAS de Natasha St-Pier, cette chanson me rappelle les débuts de ma relation avec Badri, où il y a eu des hauts et des bas du fait notamment de la rivalité avec son ex-copine…

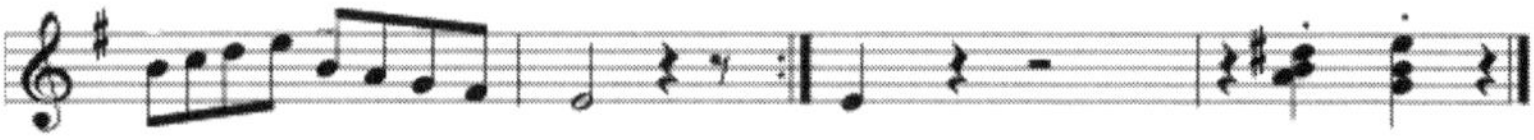

DON'T LET THE SUN GO DOWN ON ME d'Elton John, cette chanson est un témoignage du génie d'Elton John. J'adore la version de George Michael, sublime.

Histoires d'amour…

Amour, donne-moi ta force, et cette force me sauvera.

SHAKESPEARE, *Roméo et Juliette*, IV, 1.

Te souviens-tu de ton premier amour ?

Très bien ! Quand j'étais toute jeune, nous étions partis en vacances avec mes parents en Italie, où nous avions de la famille. Durant ces quelques semaines, nous allions souvent à la plage, mais je m'y ennuyais éperdument. À quelques serviettes de nous, il y avait un groupe de jeunes Italiens qui venait tous les jours se baigner. Après quelques jours de baignades monotones, je me suis décidée à aller leur parler. Nous ne nous sommes plus quittés… Et bien évidemment, comme tu peux t'y attendre, dans ce groupe, il y avait un bel Italien du nom de Daniele dont je suis tombée folle amoureuse. Mon premier grand amour. À la fin des vacances, ce fut un véritable déchirement de le quitter, j'ai pleuré toutes les larmes de mon corps, comme peut le faire toute préadolescente qui se respecte. Nous nous sommes alors écrit pendant quelque temps, puis, comme la plupart des amours de vacances, nous avons perdu contact. Ce qui est complètement fou, c'est qu'il y a quelques mois de ça, j'ai reçu à la production de *Plus belle la vie* une lettre de Daniele, qui me demandait si je me souvenais de lui ! Il m'avait vue dans la série en Italie et voulait reprendre contact !

Est-ce avec Badri que tu as eu ta première relation sérieuse ?

Non, j'ai vécu une grande histoire d'amour avant de connaître Badri… Il s'appelait Yannis, je l'ai rencontré alors que j'étais en seconde, à Aix-en-Provence. Il était, tout comme Badri, originaire d'Annaba, en Algérie, ce qui est assez incroyable. Notre histoire a commencé par une solide amitié qui s'est vite transformée en une histoire d'amour peu commune. Nous étions passionnément épris l'un de l'autre. Lorsque j'ai décidé de partir à Paris pour tenter ma chance, il était hors de question pour Yannis de me laisser partir seule. C'était en plus l'occasion pour lui de poursuivre son projet professionnel : devenir infographiste et créer, à terme, des bandes dessinées. Nous sommes donc partis à l'assaut de la capitale. Deux années durant, j'ai tenté de faire débuter ma carrière, mais rien ne fonctionnait. Un soir, en rentrant du travail, Yannis me parle des picotements qu'il ressent au niveau du menton. Quelques jours plus tard, un bouton commence à pousser au même endroit. Je lui propose d'aller consulter un médecin, mais il avait des horaires impossibles : il était devenu manager chez Quick, préparait les beaux-arts, bref il n'avait pas une seule minute à lui. Comme ce bouton lui semblait inoffensif, il me répondit : « Ne te fais pas de souci, ça ne presse pas. »

Les jours ont passé et son menton a commencé à enfler. Un soir, alors que j'étais au téléphone avec ma mère, je lui parle des symptômes de Yannis. « Vous ne devez plus attendre me dit-elle, il faut absolument que vous alliez voir un médecin demain matin. Tiens-moi au courant. » À la première heure le lendemain, Yannis se faisait ausculter par un médecin du quartier. Ce dernier lui prescrit une IRM, mais nous ne parvenons à obtenir un rendez-vous que la semaine suivante. Je téléphone à ma mère pour l'informer de la situation. Elle me dit : « Vous ne pouvez pas attendre une semaine. Il faut que Yannis passe cette IRM au plus vite. Ne t'inquiète pas, je suis là demain matin. » À dix heures le lendemain, ma mère arrivait à Paris. Quelques heures plus tard, nous étions à l'hôpital Bégin. Un médecin nous expliquait ce qu'il avait découvert en passant l'IRM. « Votre ami a une tumeur au menton. Ce que l'on appelle un rhabdomyosarcome ». Il devait hospitaliser Yannis afin de continuer les analyses et ainsi savoir si la tumeur est maligne ou bénigne. Ce genre de choses, on pense toujours que ça n'arrive qu'aux autres… Mon Dieu, tout cela semblait si irréel. Quelques heures plus tard, le diagnostic tombe tel un couperet : la tumeur est maligne. Puis ce n'est plus qu'un enchaînement de mauvaises nouvelles : « Vous avez trop attendu pour consulter un médecin, ses os sont touchés », « son état est beaucoup plus sérieux que ce que l'on pensait », puis « Yannis est atteint d'un grave cancer et il n'a plus que quelques mois à vivre… trois tout au plus ». Yannis me dit qu'il n'a pas peur de cette maladie, qu'il va se battre et la vaincre. Mais bien sûr, bien sûr qu'il va guérir ! Cette épreuve nous rendra plus forts… Nous décidons de redescendre dans le Sud pour qu'il ait sa famille et la mienne à ses côtés. Mon père et mon oncle s'occupent du déménagement, ma mère règle les derniers détails pour notre départ, et nous quittons Paris. Yannis entre à l'Institut Paoli Calmette, à Marseille. On nous propose alors d'essayer un nouveau traitement qui pourrait peut-être même le sauver. La chimiothérapie lui fait perdre ses cheveux, ses cils, ses sourcils, mais la boule toute rouge qu'il a au menton ne disparaît pas. Les médecins décident alors de tenter l'ablation de la tumeur. L'opération est extrêmement délicate et nous attendons pendant près de quinze heures qu'il sorte du bloc. Deux semaines plus tard, lorsqu'on lui enlève ses bandages, je découvre un autre homme : les dents de sa mâchoire inférieure ont été arrachées, la moitié de sa langue a dû être coupée. Ne pouvant plus parler depuis l'intervention, il écrit sur un carnet lorsqu'il veut communiquer avec nous. « Tu peux me donner un miroir pour que je me voie ? » m'écrit-il. Ma détresse et ma peine se transforment en un sourire, je dois lui apporter la force et la résistance que son corps ne lui offre plus. Mon amour est plus grand que jamais. Je lui tends un miroir. Des larmes embrument ses yeux. Sa mère lui dit alors : « L'opération s'est bien passée. Ça va être dur, mais ne t'inquiète pas, on est là, on va se battre. » Cette opération a marqué le début d'une tout autre vie pour lui. Il fallait qu'il se nourrisse et qu'il boive par sonde, car il ne pouvait ni mâcher, ni déglutir. Au bout de cinq mois, j'ai senti qu'il fallait que je me sorte de la maladie, car le quotidien était difficile à gérer et je n'arrivais plus à apporter autant d'énergie positive et de joie de vivre à Yannis. C'était atroce de le voir dépérir, mais je ne pouvais pas me permettre de craquer, il fallait à tout prix que je tienne le coup, pour lui. Je lui en ai parlé et il m'a proposé de trouver un travail à mi-temps, pour m'aérer l'esprit. J'ai alors trouvé un vingt heures par semaine en tant qu'ouvreuse au cinéma Pathé à Plan-de-Campagne, près d'Aix. Cette nouvelle organisation nous a fait énormément de bien à tous les deux, car je rencontrais des gens, je les présentais à Yannis, et on pouvait vivre un peu plus dans la normalité. J'étais en contact au quotidien avec des personnes qui ne savaient rien du drame que nous vivions et ça me permettait d'oublier un peu. C'est à ce moment-là que j'ai rencontré Badri. Il travaillait également au cinéma. Nous sommes devenus amis et je l'ai présenté à Yannis. Tous les deux se sont alors mis à passer beaucoup de temps ensemble, ils avaient les mêmes passions, les mêmes centres d'intérêt. La présence de Badri lui changeait les idées. Quelques mois avant qu'il ne tombe malade, nous avions gagné un voyage en Tunisie, Yannis et moi, en participant à l'émission *Les Z'amours* mais nous n'avions pas eu le temps de le faire. Je me dis alors que c'était le moment idéal. J'en parle aux médecins, ils donnent leur accord et je réserve notre escapade en amoureux. Mais lorsque nous arrivons à l'aéroport, je réalise que ma carte d'identité n'est plus valide. J'étais tellement mal… Il fallait à tout prix que je répare mon erreur. Je suis donc allée voir l'hôtesse. Une immense vague de tristesse m'a envahie et je n'arrivais plus à stopper toutes ces larmes que j'avais retenues pendant des mois. Je lui ai raconté ce que Yannis traversait, que c'était sûrement le dernier voyage qu'il faisait, je l'ai suppliée. Et l'équipage a fini par nous laisser partir. Ce fut un voyage inoubliable… Quelque temps après notre retour, sa situation s'est aggravée. Des tumeurs sont apparues dans son cou, derrière ses oreilles, partout. La radiothérapie et la chimiothérapie l'épuisaient, il avait énormément maigri et ne pesait plus que 35 kg, mais il continuait à garder espoir. Il insistait pour qu'on se trouve un appartement pour tous les deux, et me parlait de retourner au Mexique, chez sa tante. Il aurait eu des raisons de craquer du matin au soir, mais il ne s'avouait jamais vaincu. Ma mère me disait de me préparer à l'éventualité de sa disparition. Mais je ne pouvais pas accepter que la mort le prenne… Quelques semaines avant son anniversaire, nous sommes allés faire des courses. Alors que je poussais son fauteuil, il me demande subitement de m'arrêter. Il m'écrit alors sur son carnet : « J'aimerais bien avoir la veste rouge que je vois devant moi. Tu me la donneras pour mon anniversaire, et surtout pas avant ! ». Six jours avant son anniversaire, alors que j'étais allée à la préfecture pour refaire la carte grise de ma voiture, mon téléphone sonne. C'était la mère de Yannis : « Viens vite à la maison, il est au plus mal », me dit-elle. Lorsque j'arrive dans sa chambre, il griffonne sur son carnet : « Qu'est-ce que tu as fait aujourd'hui ? », je l'embrasse, puis lui raconte ma journée. « Dans une semaine, on va partir chez ma tante continue-t-il d'écrire ; on va aller au Mexique pour mon anniversaire et tu me donneras la veste rouge à ce moment-là. » Un sourire vient chasser mes larmes. Je pose ma main sur sa joue et lui murmure : « Je reviens dans une minute ». Une fois dans le couloir, les sanglots me coupent la respiration. J'étouffe. J'appelle Badri et mes parents. Je veux qu'ils puissent lui dire au revoir. Une demi-heure plus tard, Badri pousse la porte de la chambre. Yannis le regarde, puis il me regarde. Je n'oublierai jamais ce regard qui disait : « Je veux que tu sois avec Badri. Je veux que ce soit lui qui te protège et prenne soin de toi, pas un inconnu. » Badri le serre dans ses bras, puis s'éclipse. Yannis me fait signe de me rapprocher. Il articule alors avec difficulté : « N'oublie pas que je t'aime très fort. » « Et moi, je t'aime très, très fort » lui dis-je. Il ferme les yeux. Des larmes roulent sur ses joues, comme pour sceller à jamais ses paupières. Je pose ma tête sur son cœur, et j'écoute ses battements, toute la nuit durant. Le lendemain, le 13 novembre 2001, à midi, son dernier battement retentit. Il avait 22 ans. Il n'avait jamais fumé de sa vie, jamais bu, c'était un homme sain. Dans ces moments-là, tu as la haine envers la maladie et envers Dieu. Et cette rage m'a longtemps habitée. Yannis restera toujours un héros pour moi, car jusqu'au dernier jour, il n'a pas baissé les bras. Je pense souvent à l'incommensurable tristesse que doit ressentir sa famille. Car aussi grande soit elle, ma douleur ne saurait égaler celle des parents de Yannis. Il n'y a rien de pire que la perte d'un enfant… Aujourd'hui, quand je dis au revoir à Badri, je le fais comme si c'était la dernière fois que je le voyais. Je n'attends jamais, ni pour un je t'aime, ni pour l'embrasser, ni pour lui faire l'amour. Et surtout quand vous avez un doute, allez chez le médecin. Nous, on y est allés trop tard…

Étais-tu entourée ?

À la mort de Yannis, ma mère et Badri m'ont énormément soutenue, ainsi que deux amies, Sabrina et Angélique. Ils se relayaient pour ne pas me laisser seule. Mon père, par contre, était aux abonnés absents. Il n'a pas du tout pris la mesure du drame que j'étais en train de vivre. J'ai également essayé d'aller voir un psychologue, mais je n'avais pas l'impression que ça m'aidait dans mon processus de deuil, donc j'ai arrêté.

Ton monde s'était écroulé, il devait être difficile de reprendre pied…

D'autant plus que mes parents ont divorcé un mois avant le décès de Yannis. Cette période, qui a commencé à ma majorité, a été une période excessivement difficile que j'aimerais bien effacer. Heureusement que j'ai connu Badri, sinon, je n'aurais jamais eu le courage de reprendre ma carrière. Badri a été ma lumière dans cette souffrance. Il ne m'a plus quittée. Nous n'étions alors qu'amis, mais j'avais la certitude que, comme me l'avait fait comprendre Yannis, c'était lui. Il m'a sauvée de cette détresse, en me construisant une nouvelle vie, en essayant de me rendre heureuse. Il faisait tout ce qui était en son pouvoir pour me sortir de ce trou noir. J'avais vraiment besoin d'un appui à ce moment-là, car je n'arrivais pas à remonter la pente. Il venait souvent dormir dans le salon, pour apaiser mes angoisses nocturnes. Mais à ce moment-là je n'étais pas prête à passer à autre chose, ni même à connaître autre chose. Il m'offrait sa présence, son soutien, et je lui offrais mes silences et ma souffrance... Et petit à petit, sans rien calculer, notre relation est allée plus loin. Nous avons alors emménagé ensemble.

Vous n'aviez pas eu peur de gâcher votre amitié en devenant amants ?

Badri est aujourd'hui mon mari, mon amant, mais aussi mon meilleur ami. Nous sommes très complices, nous communiquons énormément, et même si mes préoccupations ne le concernent pas, je lui en parle. Il est ainsi de toutes mes décisions professionnelles, je peux lui demander de lire un scénario ou son avis pour savoir si je dois représenter une certaine marque et il me prodigue des conseils... En fait, ce dont tu parles normalement à des copines, moi j'en parle à Badri.

Tu ne penses pas que ça peut poser des problèmes dans votre relation ?

Cela fait huit ans que nous nous connaissons et cette relation semble très bien nous convenir, mais cette recette est la nôtre, peut-être ne va-t-elle pas à tout le monde... Cela s'explique probablement par les épreuves que nous avons traversées et surmontées côte à côte... Je t'accorde le fait que notre relation est fusionnelle, mais elle n'est pas pour autant étouffante. Chacun respecte l'espace de l'autre et nous existons l'un en dehors de l'autre.

Quand t'es-tu sentie prête à reprendre ta carrière en main ?

J'ai en fait été recontactée par Randi Sarron, une directrice de casting basée sur Marseille qui m'a placée sur des pubs pour la télé et un téléfilm pour de tout petits rôles. Mais ce « quasiment rien », m'a permis de me remettre le pied à l'étrier. Je me suis alors sentie d'attaque pour me battre de nouveau pour ma carrière de comédienne. J'ai senti qu'il était temps de foncer et de remonter à Paris afin de continuer ce que j'avais laissé inachevé. Badri a réussi à se faire muter en région parisienne, et nous sommes partis à l'assaut de la capitale. Cette deuxième expérience parisienne fut bien plus positive que la première et j'ai vite commencé à faire de grosses pubs comme les Galeries Lafayette. J'ai compris que Badri était bien plus que l'homme de ma vie, il est mon ange gardien, mon porte-bonheur. Depuis ce moment-là, j'ai compris que ma ligne de vie était déjà tracée. Je pense que tout est écrit…

Tu crois donc au destin…

Beaucoup… Depuis que Badri est arrivé dans ma vie, je fais attention à tous les signes que le destin met sur ma route. Lorsque Yannis est tombé malade, je ne savais pas ce que je ferais de ma vie si je le perdais… Si Yannis ne m'avait pas conseillé de postuler pour un mi-temps au cinéma de Plan-de-Campagne, je ne l'aurais jamais fait. C'est donc grâce à Yannis si j'ai connu Badri. Il y a plein de signes qui te poussent à suivre le chemin qui t'est tracé.

Mon mariage

Pierre Martot qui chante

Mes frères et moi

Mon père et moi

e voyage en Thaïlande

Notre voyage de noces

L'amour en vers

Vous souvenez-vous de la comédie britannique qui, en 1993, a fait connaître Hugh Grant, *Quatre mariages et un enterrement* de Mike Newell ? Voici le poème lu par Matthew (John Hannah) lors des funérailles de Garreth (Simon Callow).

Il s'agit d'une poésie de W.H. AUDEN, un poète américain du XXe siècle, qui est tout simplement sublime.

Voilà ce que la disparition de l'être aimé provoque, un anéantissement.

Funeral blues

Arrêtez les pendules, coupez le téléphone,
Empêchez le chien d'aboyer pour l'os que je lui donne.
Faites taire les pianos, et sans roulements de tambours,
Sortez le cercueil avant la fin du jour.

Que les avions qui hurlent au dehors,
Dessinent dans le ciel ces trois mots, Il est Mort.
Nouez des voiles noirs aux colonnes des édifices,
Gantez de noir les mains des agents de police.

Il était mon Nord, mon Sud, mon Est et mon Ouest,
Ma semaine de travail, mon dimanche de sieste,
Mon midi, mon minuit, ma parole, ma chanson.
Je croyais que l'amour jamais ne finirait, j'avais tort.

Que les étoiles se retirent, qu'on les balaye,
Démontez la lune et le soleil,
Videz l'océan, arrachez la forêt,
Car rien de bon ne peut advenir désormais.

Romans d'amour : mon top 5

***La Nuit des temps* de René Barjavel**

La Nuit des temps de René Barjavel est THE love story. Un roman de science-fiction que j'ai découvert très jeune, sans penser y trouver la plus belle histoire d'amour qu'il m'ait été donné de lire. Comme l'indique son titre, l'amour d'Eléa et de son Païkan transcende la nuit des temps. À dévorer sans tarder, si ce n'est déjà fait !

***Orgueil et préjugés* de Jane Austen**

C'est grâce au film de Joe Wright du même nom avec l'actrice britannique Keira Knightley dans le rôle-titre, que j'ai découvert cette œuvre, la plus célèbre de la grande dame de lettres anglaise de la fin du XVIIIe siècle et du début du XIXe qu'était Jane Austen. Ce livre raconte l'histoire d'Elizabeth Bennett, jeune fille de bonne famille et de ses mésaventures amoureuses avec l'orgueilleux Monsieur Darcy. Si ce nom vous dit quelque chose, c'est normal : Helen Fielding, l'auteur du best-seller *Bridget Jones* a également nommé « Darcy » l'amoureux de la maladroite Bridget…

***Et si c'était vrai…* de Marc Levy**

Marc Levy, notre machine française à best-sellers, m'a pris dans ses filets dès son premier livre *Et si c'était vrai*. J'ai trouvé cette histoire de jeune femme qui apparaît dans le placard d'un architecte à la fois touchante et romantique. Chacun de ses romans me touche toujours en plein cœur.

***L'Homme flambé* de Michael Ondaatje**

Qui n'a pas été marqué par le film *Le Patient anglais* d'Anthony Minghella (1997), qui a d'ailleurs raflé neuf Oscars dont ceux du meilleur film et du meilleur second rôle féminin pour Juliette Binoche. Ce film est l'adaptation du roman de Michael Ondaatje, *L'Homme flambé*. Maintenant, j'appelle la fourchette sternale (ce petit creux que nous avons à la base du cou) « le détroit d'Almasy ». Si vous voulez savoir pourquoi, allez jeter un coup d'œil au livre…

***Sauve-moi* de Guillaume Musso**

Guillaume Musso, est un autre petit génie made in France, dont les romans sont traduits dans le monde entier. Mon coup de cœur est *Sauve-moi*, l'histoire de Juliette, actrice en herbe, et de son… Sam, pédiatre. Un coup de foudre en plein New York comme on aimerait tous en vivre…

Une certaine vision de l'amour...

Chut ! L'amour est un cristal qui se brise en silence.

Serge Gainsbourg

Quel type d'amoureuse es-tu ?

Je sais que je suis amoureuse si je suis jalouse. Ce sont deux sentiments qui s'entremêlent malgré moi et que je suis incapable de dissocier. Dans ma vie de femme, les deux seuls hommes dont j'ai été amoureuse sont Yannis et Badri. Et, dans les deux cas, j'ai compris que j'étais amoureuse, car j'ai commencé à être jalouse. Quand j'aime et quand la personne aime, je veux qu'il n'aime que moi et qu'il ne voie que moi. Il y a un jeu que je fais souvent, qui en théâtre s'appelle le « Si magique » du grand pédagogue Stanislavski, un peu détourné à ma sauce. Je demande par exemple à Badri : « Imaginons que tu me trompes. Que choisis-tu de faire ? Tu me l'avoues ou tu préfères me cacher ton aventure ? » Et suivant ce qu'il me répond, ça cause de terribles disputes. Réaction bien féminine, n'est-ce pas !

Mieux vaut alors que tu ne saches rien de son passé...

Le passé c'est le passé, ça ne sert à rien de trop savoir ce que l'autre a fait avant, ça fait trop souffrir. Et Badri ayant connu beaucoup de filles avant de me rencontrer, je préfère ne rien savoir.

Être à deux implique donc la fidélité ?

Ça implique de s'engager à fond avec l'autre, de faire des activités ensemble, de vivre une vie de couple, d'être unis. Chacun sort de son côté, évidemment, car il ne s'agit pas non plus de tout faire ensemble, mais de faire un maximum de choses ensemble et d'évoluer ensemble. Quant à la fidélité, c'est la condition sine qua non d'une relation amoureuse. Je suis assez catégorique sur ce point-là. Quand on est amoureux, on est fidèle. Je suis une fidèle dans l'âme : je sais que j'aime quand je suis fidèle et quand j'ai envie de l'être. La frivolité rime pour moi avec le non-amour. Quand je suis amoureuse, mon cœur est dévoué à la personne que j'aime. C'est comme ça que j'ai su que j'étais amoureuse pour la première fois de ma vie, car je n'avais pas envie d'aller voir ce qui se passait ailleurs.

Ta position concernant la fidélité est très tranchée. Comment réagirais-tu si tu apprenais que Badri t'a trompée ?

Si demain Badri me trompe, je ne sais pas comment je réagirais... Badri représente ce qu'il y a de plus important de ma vie. Sans lui, plus rien n'a de sens. Je l'aime tellement que je serais peut-être capable de le pardonner. Je ne sais pas...

Quelles sont pour toi les joies de la vie de couple ?

Ce qui est fantastique, c'est de tisser un lien particulier et unique avec l'être aimé et de construire un avenir à deux. Mais il est essentiel de prendre soin du couple au quotidien, en ayant tout d'abord toujours un projet en tête. Là, nous sommes par exemple en pleine construction de notre maison et ça nous demande beaucoup d'énergie. Notre prochain projet sera je pense, un bébé. D'autre part, il est important de surprendre l'autre. Cela permet d'éviter la routine et de tuer les habitudes qui peuvent à leur tour tuer le couple. C'est d'ailleurs ce que nous faisons pour nos anniversaires, que nous célébrons bien plus que la tradition ne le voudrait...

Et les fameuses concessions, qui en fait le plus dans votre couple ?

Badri est très ouvert, je ne me suis jamais retrouvée à avoir à faire de concessions. Tout se fait dans la douceur, rien ne semble lui poser de problème ! Par exemple, pour le mariage, nous avons choisi de ne pas avoir de cérémonie religieuse, car nous sommes de deux religions différentes. Et même pour des choses plus anodines, si un choix me tient vraiment à cœur, Badri me laisse prendre la décision. Et si mes choix ne se révélaient pas judicieux, il n'est pas du tout du genre à me le reprocher trois mois, ou trois ans, plus tard.

Et pour la construction de votre maison, pas d'accrochages non plus ?

Pour notre maison, le problème ne s'est pas posé non plus, car nous avons les mêmes goûts. Le rêve de Badri était d'avoir une maison à étage, avec un toit terrasse, mais nous n'avons finalement pas pu le faire. Nous nous sommes donc rabattus sur ce qui était mon choix premier : une maison de plain-pied. J'adore ce trait de caractère chez Badri, car je dois admettre que j'aime bien avoir le dernier mot !

Quand vous accrochez-vous ?

Ce sont à chaque fois pour des histoires de jalousie… Je n'aime pas que mon homme regarde ailleurs… Ça ne me dérange pas qu'une fille regarde Badri, mais ça me dérange que Badri rentre dans son jeu. Il nous arrive parfois de nous disputer par rapport à ça, car ça m'est intolérable… On se dispute également, et très banalement, pour tout ce qui concerne les tâches ménagères. Je fais beaucoup de choses à la maison et, comportement typiquement masculin, Badri n'en fait pas beaucoup. Ce ne sont pas des disputes concernant des problèmes fondamentaux, il ne s'agit que de broutilles. Si on se disputait par rapport à nos visions de la famille ou la religion, là ce serait problématique.

Quelle femme en colère es-tu ?

Je suis du genre à péter un câble ! La colère me fait monter les larmes aux yeux, je peux encaisser pendant plusieurs jours, mais quand je craque, que je ne peux plus me retenir, j'explose. Et là, il vaut mieux que personne ne soit sur mon passage, car je fais peur ! Quand je m'énerve, je peux tout casser, un véritable bulldozer ! C'est un comportement que je peux avoir avec mon homme et avec mon père, moins avec ma mère. Avec mon père, quand on se dispute, ça explose avec la même intensité des deux côtés !

Comme ça se passe pour les excuses ?

Je n'aime pas faire le premier pas. Mais avec Badri, je n'ai pas trop le choix, parce que mon cher mari est quelqu'un de très fier, qui n'aime pas s'excuser. Que j'aie raison ou tort, je vais revenir vers lui, mais lui, qu'il ait raison ou tort, il ne s'excuse pas et ça m'agace éperdument. Et le comble, c'est qu'il peut nous arriver de nous disputer à cause de ça ! Ce que Badri fait généralement après une dispute, c'est s'adresser à moi comme si de rien n'était. Mais on ne peut pas effacer une énorme engueulade ! Et ça, c'est un défaut de Badri qu'il m'est très difficile de supporter !

C'est donc toi qui fais le premier pas…

J'y suis obligée, sinon Badri me ferait la tête pendant des semaines et des semaines. Il n'a pas ma nature explosive ; quand il est énervé, il se renferme, ne réagit pas à ma colère et va même jusqu'à me provoquer en sifflant, en chantant ou même en faisant sa vie de son côté ! Monsieur se met à l'ordinateur, regarde un film, lit un bouquin et fait comme si je n'existais pas et, bien évidemment, ça me rend folle. Avec mon père, par contre, je préfère que ce soit lui qui fasse le premier pas, je n'ai pas autant d'indulgence.

Pardonnes-tu facilement ?

Je suis rancunière. Je pardonne, mais je n'oublie pas. La douleur de la blessure disparaît, mais la cicatrice reste…

Anniversaire sur mesure

Avant de me connaître, Badri ne célébrait pas son anniversaire, il n'avait donc pas l'habitude d'avoir des cadeaux. Son anniversaire était un jour comme les autres.

On s'est connus en 2001, et au mois de décembre de l'année suivante, pour son anniversaire, je lui avais organisé une journée rien que pour lui.

La tradition a démarré là.

Pour chacun de nos anniversaires, on organise spécialement la journée, voire quelques jours, pour l'autre, en planifiant des surprises ou un voyage. On essaie de prendre un congé aux alentours de ces dates. J'ai ainsi organisé pour Badri un voyage en Égypte, à Disneyland Paris. Lui m'a amenée en Thaïlande, à Centerparc…

J'adore ces célébrations, car du matin au soir, Badri ne s'occupe que de moi, il est très attentionné. Cette année, il m'a emmenée faire du quad le matin, dans le

Gard, et l'après-midi on a fait la descente de toute la rivière en canoë-kayak, sans oublier notre pause sucrée à l'usine Haribo du coin, gourmande comme je suis, je ne pouvais pas passer à côté !

C'était une journée fantastique.

Entre normalité et célébrité…

« On gagne à être connu. On perd à être trop connu ».

Jules Renard

Es-tu quelqu'un d'organisé ?

Je suis quelqu'un d'excessivement organisé et lorsqu'il s'agit du ménage, je suis plus qu'organisée, je suis maniaque ! Si par exemple Badri laisse traîner quelque chose, ça m'énerve vite, et je me mets à crier comme une mégère. La spécialité de Badri, c'est de laisser traîner son gel… Je lui demande sans arrêt de le mettre dans son armoire, mais il le laisse tout le temps dehors. Quand je lui fais une grosse crise, il se met à le ranger pendant deux jours, puis les mauvaises habitudes reprennent le dessus.

Ça, c'est de l'exigence !

Je sais bien que je suis excessivement ordonnée, peut-être même un peu obsessionnelle sur ce coup-là, et qu'il est difficile d'être à la hauteur… J'aime bien que les armoires soient bien rangées, bien organisées et, lui, ne prête pas plus d'attention que ça au rangement. Par exemple, j'aime que ses caleçons forment des piles, donc je les range, et au bout de quatre jours, je retrouve le tiroir sens dessus dessous. Ça me rend folle !

Fais-tu ton ménage ou as-tu une femme de ménage ?

Je ne me vois pas du tout avoir une femme de ménage ! Je le fais moi-même. Ce n'est pas du tout quelque chose qui me pèse, au contraire, ça me détend et ça me repose. Je le fais plusieurs fois par semaine, toujours en musique d'ailleurs. J'aime être maîtresse de mon intérieur.

Comment t'organises-tu pour gérer ton intérieur toute seule ? Tu as tout de même un emploi du temps assez chargé…

Je range au fur et à mesure. Notre appartement n'est pas très grand, et d'un style très épuré. Nous avons peu d'objets de décoration et peu de meubles, et dès qu'il y a quelque chose qui traîne, ça se voit ! Faire le ménage ne prend donc pas longtemps. Mais lorsque je fais de gros horaires de tournage à *Plus belle la vie*, le soir, je dois réviser. Dans ce cas-là, je n'ai pas le temps de m'occuper de mon petit intérieur, et c'est donc Badri qui prend le relais.

C'est toi qui cuisines à la maison ?

Oui, tout le temps, c'est rare que ce soit Badri, sauf lorsque je rentre tard du boulot. À ce moment-là, c'est mon homme qui se met aux fourneaux !

Ça ne te pèse pas de préparer les repas au quotidien ?

Si tu sors d'une journée où tu as beaucoup bossé, tu ne vas évidemment pas te mettre à faire de la grande cuisine : tu mets en route un steak et des pâtes ou tu achètes à emporter. Mais la plupart du temps, je prends énormément de plaisir à cuisiner et même à innover.

Où dégotes-tu tes recettes ?

C'est en général sur Internet que je récupère mes recettes, mais je les arrange toujours à ma sauce : quand je n'ai pas les ingrédients qu'il faut, j'en rajoute d'autres. D'ailleurs, un bon cadeau à me faire, c'est un livre de recettes !

Ton homme doit être ravi : sa femme est une star de la télévision, mais elle est aussi une parfaite maîtresse de maison !

Je suis vraiment une petite femme d'intérieur, et j'adore ça ! J'ai toujours aimé prendre soin de ma maison et de ma famille. Tu vas voir que je vais devenir une petite femme au foyer plus tard !

Tu penses que ça te plairait ?

Non, je ne pense pas… Mon métier, c'est tout pour moi. Jouer est devenu un besoin, ou peut-être même une addiction. Si je ne fais pas ce métier pendant deux ou trois mois, il n'y a aucun problème, je reste contrôlable. Mais si je reste inactive pendant trop longtemps, je deviens une boule de nerf incontrôlable. C'est ce qui m'est arrivé à

Paris, à l'époque où ma carrière ne décollait pas. Je n'arrivais pas à obtenir beaucoup de contrats de comédienne, et je peux te garantir que je craquais complètement ! J'avais heureusement les cours de théâtre à côté qui me permettaient de m'extérioriser.

Et pour tes courses, comment t'organises-tu ?

Avant *Plus belle la vie*, on avait un jour dans la semaine où on allait systématiquement faire les courses. Aujourd'hui, comme notre emploi du temps est beaucoup plus chargé, on s'organise différemment. C'est donc plutôt Badri qui se charge des grosses courses. Moi, je vais chez l'épicier pour les courses d'appoint. Nous avons d'ailleurs vécu une expérience effrayante avec Badri il y a environ deux ans de ça. Un soir, l'envie me prend de faire un gâteau au chocolat. Nous descendons donc au supermarché du coin pour faire les courses nécessaires et arrivons juste avant la fermeture. À peine avons-nous passé la porte, que l'agent de sécurité baisse le rideau de fer afin d'empêcher de nouveaux clients d'entrer dans le magasin. C'est alors que deux hommes arrivent en scooter. Ils descendent de leur moto tout en gardant leur casque, l'un d'eux sort une arme de sa poche et tire dans les portes vitrées. Un énorme bruit retentit dans le supermarché. Il se met alors à donner des coups de pieds afin de dégager les morceaux de verres restants, puis, une fois à l'intérieur, tire un coup de feu en l'air. « Rapprochez-vous des caisses et levez les mains ! » se mettent-ils à crier. Avec Badri, la peur commençait à nous glacer le sang. Celui qui avait le pistolet prend l'agent de sécurité par le col et lui demande où est l'argent. L'agent de sécurité ne voulant pas lui répondre, il lui donne un coup de crosse sur la tête et le fait saigner, le forçant à obtempérer. Pendant que celui qui tenait en joue l'agent de sécurité se rendait au coffre pour récupérer l'argent, l'autre nous surveillait. Je regardais Badri et les pires choses me passaient par la tête. Je craignais qu'ils soient violents avec certains clients, qu'ils prennent quelqu'un en otage ou qu'ils me reconnaissent... Une fois l'argent du coffre récupéré, ils sont immédiatement repartis sur leur scooter. Tout cela a semblé durer une éternité, mais ce ne fut en réalité que l'histoire de quelques minutes. La police est arrivée un quart d'heure plus tard, très décontractée, pas du tout attentive à la panique des gens qui avaient été pris en otage. C'était incroyable. Du coup, je n'ai pas fait mon gâteau au chocolat...

C'est effroyable... As-tu connu des expériences un peu plus sympathiques en faisant tes courses, avec tes fans par exemple ?

Un jour, j'étais chez Auchan avec Badri et je ne pouvais pas faire un pas sans me faire accoster, on n'arrivait pas à faire les courses. On était sur le point de partir, lorsqu'un jeune homme d'environ 25 ans vient vers moi... Là, je me dis « oh mon Dieu, on ne va jamais s'en sortir ! ». Mais ce jeune homme, en fait très poli, se présente, s'excuse de me déranger, et il se met à me réciter un texte qu'il avait préparé, disant combien il m'admirait et tout un tas d'autres choses infiniment adorables. J'avais tellement l'habitude d'avoir des gens qui me tutoient et qui prennent des photos sans demander mon accord, que j'ai été très surprise ! Cette rencontre a été un réel plaisir.

Comment réagit Badri dans ces moments-là ? Son sentiment doit être un mélange de fierté d'avoir une épouse célèbre, et d'énervement profond, dans la mesure où il doit te partager avec tout le monde, tout le temps…

Il ne m'a jamais fait une crise de jalousie par rapport à un fan, ou tout simplement par rapport aux répercussions que mon métier a sur notre vie de couple. Ni d'ailleurs sur le fait que j'embrasse d'autres garçons pour les besoins de mon métier. Peut-être ressent-il autre chose, mais en tout cas, il ne me le dit pas, ni ne me le reproche. Quand par exemple nous rencontrons beaucoup de fans et que nous nous faisons trop accoster, il peut me dire : « J'en ai marre, j'aimerais bien être seul avec toi et passer ce moment en tête-à-tête » ; il me propose alors que l'on s'en aille.

C'est quelque chose qui semble incroyable que tu ne puisses pas aller faire tes courses : C'est un aspect assez damné de la célébrité, que l'on oublie souvent…

Ce qui est beaucoup plus problématique, c'est lorsque je me fais suivre… J'ai dernièrement vécu une expérience assez angoissante. Je pars de chez moi à 7 heures du matin, au volant de ma voiture. Alors que je suis coincée dans les embouteillages, cinq jeunes hommes à l'intérieur d'une voiture bleue me font des signes. Je ne savais pas s'ils m'avaient reconnue ou s'ils me draguaient car j'étais une fille au volant. Évidemment, je ne leur réponds pas et je continue ma route. Mais voilà qu'ils se mettent à me suivre ! Ce n'était pas la première fois que l'on me suivait ou que l'on me prenait en photo à un feu rouge, et jusqu'à présent, ils abandonnaient rapidement, c'est pour cela que je n'osais pas appeler la police, je me disais que, comme les autres, ils allaient bien se décourager. J'ai alors essayé de les semer, ce qui n'était pas la meilleure des solutions, car j'ai frôlé l'accident à plusieurs reprises. Mais ils étaient toujours là, slalomant entre les voitures, et grillant les feux rouges. Puis, je ne les ai plus vus. La pression commençait à redescendre. C'est alors que je les aperçois, à quelques voitures de la mienne : ils me suivaient à distance ! Voyant que je les avais repérés, un des occupants de la voiture en descend et vient taper à ma vitre en me faisant signe de l'ouvrir... La peur commença à s'emparer de moi, cela faisait plus de vingt kilomètres qu'ils me suivaient... Qu'est-ce qu'ils voulaient ? Je priais pour que le feu passe vert. Vert. J'ai démarré en trombe, eux sont remontés dans leur voiture et ont continué à me suivre. Rien ne semblait les arrêter. Je me posais mille questions, je ne savais pas quoi faire. J'étais sur le point d'arriver au boulot. La meilleure solution était donc de rentrer dans le parking et d'alerter l'agent de sécurité. J'espérais qu'il soit là, sinon, j'allais me retrouver prise au piège... L'agent était là ! Je l'informe alors que la voiture derrière moi me suit depuis trente kilomètres et je lui demande de leur bloquer l'entrée. Une fois ma voiture garée, j'en sors, toute tremblante, et je croise Pierre Martot, à qui je raconte ma mésaventure. Il était horrifié, « il faut absolument que l'on prévienne le directeur de production, Serge, me dit-il, car ce n'est pas normal que tu sois en danger, il faut au moins qu'on te mette des vitres teintées ! ». Pendant que je passais au maquillage, Pierre est allé voir Serge en insistant sur le fait qu'il fallait que la production fasse quelque chose, car on n'était plus en sécurité et cela devenait inquiétant. La prod me demande de passer les voir, afin de raconter mon histoire. La secrétaire me dit alors : « Mais j'ai vu cette voiture bleue avec cinq jeunes à l'intérieur garée devant le studio en arrivant ! Je les ai trouvés louches, mais je n'imaginais pas une histoire pareille ! » Serge et notre coach, Richard Guedj, sont alors descendus afin de les affronter, mais ils n'étaient plus là. L'agent de sécurité avait dû les menacer d'appeler la police pour qu'ils se décident finalement à partir. Deux jours plus tard, les vitres de ma voiture étaient teintées. La prod a encore une fois été fantastique. La célébrité a un côté glamour indéniable et même jouissif, mais elle peut en même temps provoquer une souffrance. Quand je vois comment ce peut être à mon niveau, je ne suis pas surprise lorsque j'entends que des stars hollywoodiennes ou des chanteurs de renom ont pété un câble. Leur réaction est compréhensible. Si moi, j'ai du mal à faire mes courses, leurs problèmes à eux sont d'un autre niveau : ils ne peuvent plus se promener sans leurs gardes du corps et sans être pris en photo.

Homme / Femme, Mode d'emploi

Quand les différences entre le sexe dit « fort » et le sexe dit « faible » me dépassent, je vais chercher de l'aide chez les spécialistes. Mes deux favoris dans le domaine : la neurobiologiste Lucy Vincent et l'auteur à succès John Gray.

***Petits arrangements avec l'amour* de Lucy Vincent**

Lucy Vincent affirme que le comportement amoureux est né de la nécessité d'assurer la reproduction de l'espèce et qu'il ne dure que… trois ans. Mais ne vous faites pas de bile, les histoires d'amour ne s'arrêtent pas pour autant à la barrière de la troisième année : grâce à des hormones comme l'ocytocine libérée quand le couple dîne en amoureux, s'embrasse, se caresse, ou fait l'amour, l'amour peut être « réactivé » et « prolongé ». Voici un livre qui nous aide à comprendre l'origine du comportement amoureux et les règles biologiques, et même chimiques, qui le régissent. Passionnant.

***Les hommes viennent de Mars, les femmes viennent de Vénus* de John Gray**

Cela faisait longtemps que nous avions compris que nous étions différents, au point de nous demander si

nous ne venions pas de deux planètes différentes… Mais John Gray ne met pas seulement le doigt sur cette évidence : avec ses métaphores imagées, il expose les différences entre les comportements féminin et masculin, les explique, et nous donne également les clés pour surmonter les insurmontables, et parfois insupportables, problèmes de communication. Un livre de chevet bien utile, surtout lorsque les chaussettes qui traînent (pour madame) ou les reproches concernant le manque de communication émotionnelle (pour monsieur) commencent à nous taper sur les nerfs !

Un petit dîner aux chandelles pour votre bien-aimé(e) fera oublier la plus grosse des disputes. Pour cela, je vous propose d'amener la dolce vita dans vos assiettes…
Mettez à tue-tête Per averti *d'Adriano Celentano pour vous mettre dans l'ambiance, et jouez au chef !*

Entrées au choix

Salade de tomates

Ingrédients :

– 4 belles tomates
– 1 échalote
– 1 boule de mozzarella
– 1 demi-citron
– 1 gousse d'ail
– 3 cuillerées à soupe d'huile d'olive
– 1 cuillerée à soupe de vinaigre balsamique
– 1 cuillerée de pesto
– quelques feuilles de basilic
– quelques feuilles de persil
– sel et poivre.

– Préparez dans un saladier votre vinaigrette avec l'huile d'olive, le vinaigre balsamique, le pesto et le jus de citron.

– Salez et poivrez. Hachez les feuilles de persil et l'ail, et ajoutez cela à votre vinaigrette.

– Coupez vos tomates, la mozzarella, ainsi que l'échalote en dés et ajoutez ces trois ingrédients à votre vinaigrette améliorée. Décorez de feuilles de basilic. Régalez-vous !

Tourte aux épinards et à la ricotta

Ingrédients :

– 1 pâte brisée
– 500 g d'épinards
– 1 pot de ricotta
– 1 boule de mozzarella
– quelques feuilles de menthe
– 20 cl de crème fraîche
– 3 œufs
– quelques feuilles de basilic
– quelques branches de thym
– sel et poivre.

– Dans un plat, mélangez la crème, la ricotta, la menthe hachée, les œufs, salez et poivrez. Rajoutez-y les épinards. Déroulez la pâte dans le moule à tarte, piquez-la et versez-y la préparation. Découpez la mozzarella en fines lamelles et déposez-la sur le dessus de votre tourte. Saupoudrez de thym et de basilic et enfournez pour 45 minutes. Surveillez la cuisson et servez avec une salade verte, c'est plus léger !

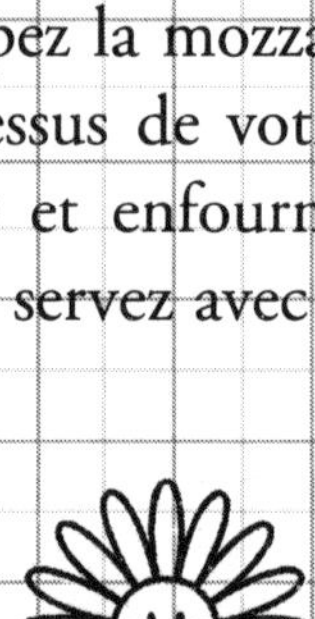

Plats au choix

Fricassée de calamars

Ingrédients :

– 1 kg de calamars
– 1 boîte de concentré de tomate
– 3 gousses d'ail
– 3 oignons
– 2 piments
– 1 poivron rouge
– 2 cuillerées à soupe de farine
– 2 cl de calvados
– 40 cl de vin blanc
– 3 cuillerées à soupe d'huile d'olive.

– Lavez tous les légumes et découpez-les en petits morceaux. Versez de l'huile d'olive dans la cocotte, puis les légumes, que vous faites revenir pendant cinq minutes. Ajoutez-y le concentré de tomates, les calamars, puis le calvados, le vin blanc et la farine. Rajoutez un peu d'eau afin de recouvrir les calamars. Laissez mijoter 20 minutes, en remuant souvent. Servez avec du riz basmati.

Spaghettis aux palourdes

Ingrédients :

Pour la cuisson des palourdes :

– 1kg de palourdes
– 1 oignon

– 30 g de beurre
– 40 cl de vin blanc sec
– 1 cuillerée à soupe de persil haché
– quelques branches de thym
– quelques feuilles de laurier.

Pour la sauce :

– 40 g de beurre
– 25 g de farine
– le liquide de cuisson des palourdes
– 2 jaunes d'œufs
– 75 g de crème fraîche
– 1 capsule de safran.

– Lavez les palourdes. Faites revenir l'oignon haché dans la matière grasse chaude, ajoutez les palourdes, mouillez de vin, ajoutez le persil, le thym et le laurier.

– Dès que les palourdes sont ouvertes, égouttez-les et retirez une coquille sur deux. Gardez-les au chaud.

– Faites un roux avec le beurre et la farine, ajoutez-y le liquide de cuisson et faites épaissir sur feu doux en remuant.

– Hors du feu, joignez les jaunes d'œufs mélangés à la crème et au safran. Surtout, ne laissez pas bouillir le mélange !

– Nappez les palourdes avec cette sauce.

– Vous pouvez aussi remplacer les palourdes par des gambas, c'est tout aussi délicieux !

Dessert obligatoire

Tiramisu

Ingrédients :

– 250 g de mascarpone
– 3 œufs
– 100 g de sucre glace
– 20 cl de café fort
– 2 cuillerées à soupe de rhum
– 20 biscuits à la cuillère
– poudre de cacao.

– Fouettez les 3 jaunes d'œufs avec le sucre glace jusqu'à ce que le mélange devienne mousseux. Rajoutez le mascarpone, puis mélangez bien.

– Préparez une grande tasse de café fort, plutôt un expresso, si vous avez le choix. Ajoutez le rhum et mélangez.

– Étalez une couche de crème au mascarpone au fond du plat, déposez ensuite une couche de biscuits légèrement imbibés de café. Répétez l'opération en terminant par une couche de crème au mascarpone. Pour finir, saupoudrez avec de la poudre de cacao.

– J'aime bien mettre en décoration des petits morceaux de chocolats par-dessus le tout.

– Mettez au frais, minimum 3 heures avant de déguster.

Et le bébé ?

Il faut faire des enfants quand on est vieux,
parce qu'on les emmerde pas longtemps.

Jean Yanne

Avoir un enfant, est-ce une étape essentielle de ta vie de femme ?

Je vois beaucoup de gens autour de moi qui ont des bébés. Entre la sœur de Badri, mes frères, mes cousins, mes collègues de *Plus belle*... L'idée commence à prendre la forme d'un projet : je pense que j'ai réellement envie de fonder une famille... Je me dis que si je choisis de ne pas avoir d'enfants, à la quarantaine, je le regretterai. Puis quand j'aurais 70 ans, j'ai envie de voir mes petits-enfants courir autour de moi. Je n'aimerais pas terminer ma vie seule. Mais ce ne sera pas chose facile, car ma gynécologue m'a annoncé il y a peu de temps que j'avais très peu de chances d'avoir des enfants... On va donc essayer, mais si on n'y arrive pas, on adoptera. Je ne perds pas espoir.

Quel type de maman seras-tu ?

Une maman pas sévère... mais pas poule non plus. Je suis sûre que mes enfants préféreront Badri que moi. Je le vois déjà par rapport aux enfants qui sont autour de moi, je laisse passer beaucoup moins de choses que Badri et je m'énerve facilement. L'autre fois, il y avait le neveu de Badri qui jouait avec un petit sifflet et ça n'ennuyait personne, sauf moi... j'ai peu de patience, donc je pense que ça devra marcher droit avec moi ! Je connais en plus toutes les ruses pour mentir aux parents, car enfant j'étais une spécialiste des fausses maladies, du thermomètre chauffé grâce au radiateur, et autres brillantes idées pour échapper à l'école, donc il ne faudra pas me la faire !

Mais, rassure-moi, tu le gâteras quand même ton bout de chou ?

Mon enfant ne sera pas un pourri gâté, je ne tolérerai aucun caprice pour des jouets ou des cadeaux : ça ne marchera pas avec moi. Ce sera un enfant qui sera choyé, mais je veux lui apprendre la valeur des choses, comme mes parents l'ont fait avec moi.

Mais tout ça, ce ne sont que des théories. Tu seras peut-être tout autre quand ton bébé arrivera...

C'est en effet mon point de vue sans enfant, après on verra ce que je ferais avec des enfants... C'est en tout cas ce que Badri me dit, que je changerai quand je deviendrai mère. Mais je n'y crois pas, je ne me vois pas en mère poule !

Si tu avais le choix, fille ou garçon ?

Peut-être plus une petite fille. Autour de nous, nous n'avons que des petits garçons et c'est l'enfer, ce sont tous de sacrés numéros ! Les petites filles semblent plus paisibles…

Elles sont tout de même plus compliquées à l'adolescence…

Je n'en suis pas sûre… J'ai connu des garçons en pleine crise d'adolescence, et crois-moi, c'est difficile d'imaginer pire !

Quels sont les règles de vie et les principes d'éducation auxquels tu tiens ?

Toujours communiquer, beaucoup communiquer. C'est le principe fondateur de l'équilibre de la vie familiale. Ce qui est important dans une famille, ce sont les moments où elle est réunie, et donc les repas. C'est essentiel d'instituer des repas obligatoires, au moins le soir. Badri n'avait pas par exemple l'habitude de manger en famille, chacun mangeait à l'heure qu'il voulait, et c'est exactement ce que je voudrais éviter. D'autre part, mon enfant n'aura pas de télé dans sa chambre. Il y a des parents qui font regarder, même à des bébés, dessins animés sur dessins animés, et je ne suis pas trop pour. Je ne pense pas que ce soit bon pour le développement de l'enfant de calmer ses pleurs en le mettant devant la télévision.

Et ta vie de couple dans tout ça ? Comment comptes-tu préserver la magie ?

Je sais qu'un enfant change beaucoup de choses entre les parents, mais je souhaiterais continuer à prendre soin de mon couple. C'est pour cela que je voudrais qu'on s'impose deux semaines par an de vacances sans les enfants.

Conserver la spontanéité ne semble pourtant pas si évident…

J'ai envie d'entretenir la séduction et d'être toujours sa femme, sa maîtresse et non pas seulement la mère de ses enfants.

Alors, combien d'enfants dans la famille Milot ?

Un… On n'arrête pas de me répéter, qu'il vaut mieux avoir deux enfants, que ce n'est pas bon pour l'enfant d'être tout seul, mais pour l'instant je reste sur le chiffre un…

Ton homme, est-il pressé que vous deveniez parents ?

Il l'est, mais moins que moi…

Et le petit Milot, c'est pour quand alors ?

Je me dis que l'âge idéal c'est 30, 31 ans. Quand j'étais gamine, je me disais que j'aurais mon enfant vers 25 ans, puis à 25 ans, je comptais devenir maman à 28 ; mais en fait, plus j'avance dans l'âge, plus je repousse les délais… Donc je vais peut-être encore changer d'avis… Je ne veux pas le faire trop tôt non plus, car je compte profiter de notre nouvelle maison avant qu'il ne vienne pointer le bout de son nez !

Été

L'enfant qui sait se pencher sur l'animal souffrant
saura un jour tendre la main à son frère.

ALBERT SCHWEITZER

Ma Playlist de l'été

L'été rime avec énergie nouvelle, liberté,
parfois libération,
mais surtout vacances et fêtes !
Voici de quoi se trémousser comme il faut !

MANIAC de Michael Sembello, WHAT A FEELING et FAME d'Irene Cara. Depuis toute petite, je suis fan de ces chansons ; je ne me lassais pas d'inventer des chorégraphies sur ces musiques. Cela me donnait envie de donner le meilleur de moi-même dans cette discipline.

GET IT ON TONIGHT de Montell Jordan. Une magnifique chanson tirée de la BO du film *Save the last dance*. J'avais d'ailleurs fait une chorégraphie pour un casting sur cette musique.

KEEP IT INSIDE de Cherrelle Affair. Badri étant fan de funk, il m'a transmis son virus pour ce style musical incontournable. Ce titre est un de mes favoris.

AFRODISIAC de Brandy et RIGHT NOW d'Akon, sont mes chansons de prédilection pour faire mon footing, dans un parc à côté de chez moi.

BLOOD ON THE DANCE FLOOR de Michael Jackson. C'est ce titre du king de la pop que je choisirais. Malgré tout ce qu'on a pu dire sur lui, il restera toujours ce génie, cet homme doté d'un talent hors du commun.

I WILL SURVIVE de Gloria Gaynor. En honneur au foot et à la victoire française de 1998 !

HUNG UP et SORRY de Madonna. Les chansons qui font partie de ma playlist pour faire du vélo et du step.

RESPECT d'Otis Redding. C'est Badri qui m'a fait connaître Otis Redding. Voici notre titre favori de Redding.

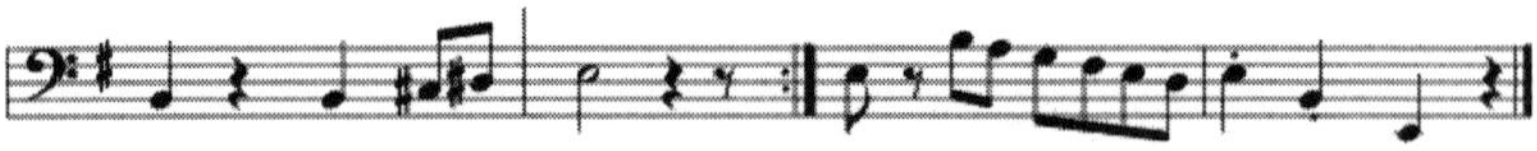

RELAX de Mika et DON'T STOP THE MUSIC de Rihanna. En soirée, si j'entends une de ces deux chansons, je file tout droit me déhancher sur le dancefloor !

WHERE DID OUR LOVE GO de Diana Ross et DANCING QUEEN d'Abba, deux chansons qui me donnent de l'entrain quand je dois faire le ménage !

Premiers pas dans le métier…

Les noix ont fort bon goût, mais il faut les ouvrir.
Souvenez-vous que, dans la vie,
Sans un peu de travail on n'a point de plaisir.

JEAN-PIERRE CLARIS DE FLORIAN,
extrait de *La Guenon, le Singe et la Noix.*

Comment en es-tu venue à la comédie, toi qui te voyais danseuse étoile ?

Lorsque j'ai compris que mon physique ne me permettrait jamais de percer en tant que danseuse, je me suis laissée tenter par le théâtre. J'avais 17 ans et j'avais également soif de liberté. J'avais consacré mon enfance et une partie de mon adolescence à la danse et ça n'avait pas donné grand-chose. J'ai donc décidé de miser sur autre chose.

Tu t'es alors lancée dans le théâtre…

Oui. C'est aussi à cette époque que j'ai commencé à prendre mes premiers vrais cours de théâtre, c'est-à-dire non plus en tant qu'amateur, chose que je faisais à Aix, mais dans une école de comédie. À Paris, j'ai suivi des cours au Studio Pygmalion, au conservatoire du XVIIIe arrondissement, et pendant quelque temps aussi au Cours Florent. Je suis partie à Paris avec Yannis, à la fin de mon année de terminale, et nous y sommes restés deux ans, de mes 18 à mes 20 ans. À cette époque, mon père tenait dur comme fer à ce que je continue mes études. J'avais raté mon bac, mais il voulait tout de même que j'intègre un BTS de Tourisme. Je m'étais renseignée, puis du jour au lendemain je me suis dit : je pars à Paris. C'était un peu l'aventure… Avec Yannis, on a tout d'abord été logés chez un ami qui ne pouvait nous héberger que quinze jours. Il a donc fallu que nous trouvions un appartement en urgence, et on a finalement atterri dans un boui-boui, un studio petit comme un mouchoir de poche qui se trouvait à Nation. Ce n'était pas évident, car, à part ma mère, qui est montée sur Paris pour nous aider dans nos recherches, on était tout seuls, mon père et les parents de Yannis étant restés à Marseille.

Tu ne recevais aucune aide financière de ta famille ?

Non, mes parents n'avaient pas les moyens de m'aider. Mais même si joindre les deux bouts n'était pas facile, on se débrouillait. Pendant la journée, je trouvais des missions d'intérim, j'ai ainsi travaillé au supermarché ED, j'ai été caissière, j'ai rangé les cartons, j'ai fait le ménage… Et trois fois par semaine, le soir, je prenais mes cours de théâtre. C'est aussi à cette époque que j'ai fait mes premières publicités. L'argent que je gagnais avec ces pubs me permettait de me payer un, voire deux mois de cours, qui étaient très chers, presque 300 euros par mois.

Donc, dès que je réussissais à faire une photo, on soufflait un peu. Mais il nous fallait tout de même travailler à côté, car ce n'était pas souvent que j'obtenais des cachets. Yannis avait dû également se trouver un petit travail. Il préparait son entrée à l'École nationale des beaux-arts, à Paris, et à côté de cela, il travaillait chez Quick. Il était incroyablement doué, il peignait et dessinait magnifiquement bien. Ses tableaux me rappelaient ceux de Picasso. Il y en a d'ailleurs un qui me suit partout, il est aujourd'hui dans l'entrée de mon appartement... On était tous les deux, et on se débrouillait avec les moyens du bord. Mais ça nous arrivait tout de même d'avoir des retards de loyer...

Tu as donc appris à compter...

J'avais déjà appris à compter quand j'étais adolescente. Aix-en-Provence est une ville très bourgeoise et j'étais scolarisée au lycée Cézanne. J'étais entourée de filles qui ne portaient de la tête aux pieds que des vêtements de marque. Ce n'était pas du tout mon cas, car mes parents n'avaient pas les moyens, et ne me donnaient que très peu d'argent de poche. Donc si je voulais le dernier Levis à la mode ou la paire de Buffalo à 150 euros, il fallait que j'économise pour les avoir.

Tu étais un peu mise à l'écart...

J'ai connu Yannis quand j'étais en seconde, je pense que ça ne donnait pas envie aux filles de venir me parler, car j'avais déjà un mec. Mais non, je n'avais pas d'amis fidèles, tout le monde était très superficiel. Je l'ai d'ailleurs vu avec le décès de Yannis : personne n'a été là.

Comment as-tu fait pour ne pas te décourager ?

Dans la vie d'un comédien, on passe toujours par des moments difficiles, sauf si on est là par piston, et encore… Et cette période fut ma période de galère : c'était très difficile de trouver des castings, puis si j'en passais, d'être prise. Je me disais que ce n'était pas possible, que je n'y arriverais jamais… Je me disais « on est montés sur Paris pour rien, je n'arrive à rien, je suis une incapable. » J'essayais de me faire des contacts, à un moment j'ai même travaillé en tant que standardiste dans une maison de prod qui organisait des shows télé, ce qui m'a permis de devenir hôtesse pour quelques émissions. Mais le problème était que je ne savais pas comment m'y prendre, je ne savais pas comment faire pour percer. Je faisais à la fois tout et rien : j'essayais d'approcher ce milieu sans vraiment y parvenir, j'essayais de faire des rencontres, mais ça ne donnait pas grand-chose… Et l'ironie de l'histoire, c'est que quand tu n'as rien fait, les agents ne veulent pas de toi.

Considères-tu avoir commis des faux pas dans tes débuts ?

J'ai des regrets concernant les gens que j'aime et que j'ai pu blesser par mes mots ou mes actions. Mais sur le plan professionnel, je ne regrette rien. J'ai fait tous mes choix en connaissance de cause et de manière réfléchie. Ce qui me fait sourire, c'est de lire dans la presse que certains de ces choix n'étaient guère judicieux, comme mes photos dans *FHM* ou ma participation à *Opération séduction*, le jeu de téléréalité de M6. Mais comment regretter des expériences qui m'ont permis d'avancer dans ma carrière ? J'étais par exemple ravie d'avoir été retenue pour *Opération séduction*, car cela allait accroître mon expérience de comédienne et me permettre de payer les factures. Ils recherchaient à l'époque une comédienne douée en improvisation qui incarnerait Camille, une manipulatrice, pendant une journée. Sur le tournage, je recevais des directives de jeu toutes les demi-heures : je devais être adorable avec une candidate, mauvaise avec une autre, ou encore pleurer pour m'attirer la sympathie de celle que j'ignorais dix minutes plus tôt... Ce fut une expérience difficile, mais très enrichissante. Difficile, car je devais improviser face à dix candidats non comédiens. Enrichissante, car j'ai appris à gérer mille émotions en même temps, et cela m'a permis de rencontrer Patrick Weiss, le patron de l'agence Visual, qui me suit depuis mes débuts et m'a permis de me faire connaître dans la presse, et Benjamin Decoin, devenu mon photographe attitré. Tu vois, le destin fait toujours bien les choses...

MA CINEMATHÉQUE

Certains ont marqué l'histoire du septième art, d'autres ont dynamité le box-office, mais tous sont chers à mon cœur. C'est en les regardant que j'ai eu envie, moi aussi, de faire mon cinéma…

MOULIN ROUGE *de Baz Luhrmann avec Nicole Kidman et Ewan McGregor.*

Le premier film que j'ai vu avec Badri. C'est d'ailleurs en souvenir du personnage interprété par Nicole Kidman qu'il m'a prénommée Satine.

LA PISCINE *de Jacques Deray avec Romy Schneider et Alain Delon.*

Une des plus belles interprétations de mon actrice préférée, Romy Schneider.

OUT OF AFRICA *de Sydney Pollack avec Meryl Streep et Robert Redford.*

À la fois la plus riche interprétation de cette immense actrice qu'est Meryl Streep et une grande fresque romanesque avec des paysages à couper le souffle.

AUTANT EN EMPORTE LE VENT *de Victor Fleming avec Vivien Leigh et Clark Gable.*

THE film d'amour.

La Liste de Schindler *de Steven Spielberg avec Liam Neeson, Ben Kingsley et Ralph Fiennes.*

Le plus grand des films de Spielberg. Poignant.

Raging bull *de Martin Scorsese avec Robert de Niro.*

Le tandem Scorsese/de Niro au top.

Quai des Orfèvres *de Henri-Georges Clouzot avec Louis Jouvet, Suzy Delair et Bernard Blier.*

Louis Jouvet évidemment brillant, avec une mention spéciale pour Suzy Delair que j'adore dans le film.

Le Voleur de bicyclette *de Vittorio De Sica.*

Dans ce film italien, le jeune Enzo Staiola est excellent.

Les Enfants terribles *de Jean-Pierre Melville,* d'après l'œuvre de Cocteau.
J'ai toujours adoré lire Cocteau, c'est comme cela que j'ai découvert ce film et me suis prise d'amour pour Melville.

Johnny s'en va-t-en guerre *de Dalton Trumbo, avec Timothy Bottoms.*

Un film qui m'a profondément bouleversée. La guerre est dessinée dans toute son horreur.

Apocalypse now *de Francis Ford Coppola, avec Marlon Brando, Martin Sheen et Robert Duvall.*

Une réunion de monstres sacrés pour le plus grand film de Coppola.

Fenêtre sur cour *d'Alfred Hitchcock avec Grace Kelly et James Stewart.*

Mon film culte du maître du suspense avec Grace Kelly, éblouissante.

Marius et Jeannette *de Robert Guédiguian.*

Je suis fan de Guédiguian et de son univers.

Tout sur ma mère *de Pedro Almodovar avec Penélope Cruz.*

Ce fut un déchirement de choisir un film d'Almodovar ! Je les adore tous sans exception. Un de mes réalisateurs préférés. Pedro, si tu m'entends…

Edouard aux mains d'argent *de Tim Burton avec Johnny Depp.*

L'univers de Tim Burton est fantastique, dans tous les sens du terme. Un réalisateur génial.

Le Grand Bleu *de Luc Besson avec Jean-Marc Barr, Jean Reno et Rosanna Arquette.*

Luc Besson, un réalisateur français qui se démarque. L'histoire du *Grand Bleu* m'a fascinée.

West Side Story *de Jerome Robbins et Robert Wise avec Nathalie Wood.*

THE comédie musicale. Nathalie Wood y est sublime.

Les Affranchis *de Martin Scorcese avec Robert De Niro, Ray Liotta et Joe Pesci.*

Une magnifique brochette d'acteurs, une belle leçon de comédie.

La Môme *d'Olivier Dahan avec Marion Cotillard.*

Marion Cotillard EST Piaf, au point de donner la chair de poule. J'ai pleuré du début à la fin.

Ghost *de Jerry Zucker* et Dirty Dancing *d'Emile Ardolino avec Patrick Swayze.*

Gamine, j'étais fan de Patrick Swayze. Ces deux films, je me les repassais en boucle.

Flashdance *d'Adrian Lyne avec Jennifer Beals.*

Le film de danse de mon adolescence.

Le Dîner de cons *de Francis Veber avec Thierry Lhermitte et Jacques Villeret.*

Ma comédie préférée, je l'ai vu une quinzaine de fois et je ris toujours autant !

LA FIÈVRE DU SAMEDI SOIR *de John Badham avec John Travolta.*

Le déhanchement de Travolta, mythique !

LE PARRAIN *de Francis Ford Coppola avec Marlon Brando et Al Pacino.*

L'Actor Studio à l'état pur, quelle leçon !

MYSTIC RIVER *de Clint Eastwood avec Sean Penn, Tim Robbins et Kevin Bacon.*

Dès qu'Eastwood sort un film, je cours au cinéma. Mystic River est un de mes préférés.

LE SEIGNEUR DES ANNEAUX, *trilogie de Peter Jackson avec Elijah Wood, Viggo Mortensen, Orlando Bloom, Liv Tyler et Cate Blanchett.*

Pour les effets spéciaux époustouflants, avec une mention spéciale pour Liv Tyler, une actrice que j'adore.

PIRATES DES CARAÏBES *de Gore Verbinski avec Johnny Depp, Orlando Bloom et Keira Knightley.*

Ce film montre l'étendue du talent de Depp, acteur caméléon dont je suis la carrière depuis la série 21 Jump street. Quant à Keira Knightley, j'aurais bien aimé avoir son rôle !

Gladiator *de Ridley Scott avec Russel Crowe et Joaquin Phoenix.*

Le film qui m'a fait découvrir Russel Crowe, grandiose.

Drunken Master *de Yuen Woo-Ping avec Jackie Chan.*

Le film qui rendit Jackie Chan célèbre. Hilarant ! J'adore sa technique de l'homme saoul !

Twilight, *le chapitre I de Catherine Hardwicke et le deuxième de Chris Weitz, avec Kristen Stewart et Robert Pattinson.*

Une histoire d'amour peu commune !

Tigre et dragon *d'Ang Lee avec Michelle Yeoh.*

Pour la sublime Michelle Yeoh.

Le Secret des poignards volants *de Zhang Yimou.*

Tout le faste des fresques asiatiques : combats, costumes, décors, tout est à couper le souffle.

Le Voyage de Chihiro *film d'animation de Hayaho Miyazaki.*

Mon film d'animation préféré. Je suis fan de toutes les créations du Studio Ghibli de Miyazaki.

L'Ours *de Jean-Jacques Annaud.*

Le premier film qui m'a fait pleurer…

Sixième sens *de Night Shyamalan, avec Bruce Willis.*

Le meilleur Thriller qu'il m'ait été donné de voir.

Love story *d'Arthur Hiller.*

Un film que je passais en boucle quand j'étais ado. Ma mère m'avait d'ailleurs acheté une boîte à bijoux musicale qui reprenait le thème du film, la musique de Francis Lai.

Nos vacances à la neige

Mes débuts dans *Plus belle la vie*…

Rien n'est impossible.
Il est des voies qui conduisent à toutes choses,
et si nous avions assez de volonté,
nous aurions toujours assez de moyens.

François de La Rochefoucauld

Comment a débuté l'aventure *Plus belle la vie* ?

C'est la directrice de casting Randi Sarron qui m'a rappelée en me disant qu'elle recherchait une comédienne pour une série qui débutait. Il s'agissait du rôle de Mélanie, « un petit rôle qui pouvait prendre de l'importance », m'avait-elle dit. J'ai évidemment sauté sur l'occasion. Qu'est-ce que j'avais à perdre de toute façon ? Je serais allée au casting même s'il ne s'était agi que de quelques jours de tournage : j'avais urgemment besoin d'un travail. Randi Sarron m'a donc redirigée vers la directrice de casting de Paris, Marie-Christine Lafosse, car à l'époque, j'habitais à Paris.

Avais-tu mis beaucoup d'espoir dans ce casting ?

Quand tu vas à un casting et que tu as l'habitude d'en faire, tu y vas en général sans espoir, en te disant : comme d'habitude, ce sera un coup pour rien. Jusqu'au dernier moment ça peut tomber à l'eau, donc je préférais par expérience ne pas m'emballer.

Tu es plutôt d'un naturel prudent…

J'ai appris à l'être, car je me suis tellement fait de fausses joies ! Même maintenant, je sais que les projets peuvent tomber à l'eau jusqu'au dernier moment, donc je ne m'enthousiasme que lorsque c'est signé. Puis un casting est extrêmement stressant, c'est pour moi la pire phase du métier, celle qui engendre le plus de stress. Même si aujourd'hui dans *Plus belle la vie*, il y a toujours des scènes où j'ai le trac, le plus grand trac est celui que je ressens au moment du casting. Dès que je rentre dans cette pièce dénudée, où il n'y a qu'une caméra et le directeur de casting qui me font face, le stress me submerge. Le casting est un moment crucial pour un comédien, car c'est là que le couperet tombe : le directeur de casting te juge sur ta prestation, un jugement qui décidera de la suite des événements, à savoir si tu seras pris ou non pour le film, téléfilm, la pièce ou la série pour laquelle tu viens de faire un bout d'essai. Malheureusement, je perds mes moyens lors des castings, mes émotions sont comme bloquées et il m'est ainsi difficile de jouer des scènes émotionnellement chargées. Le casting pour *Plus belle* fut l'exception qui confirma la règle, j'ai mieux réussi à gérer mon stress et cela sûrement grâce à l'attitude de la directrice de casting, Marie-Christine Lafosse, qui a été très professionnelle : elle avait appris le texte par cœur, avait préparé une mise en scène, et avait même un assistant qui filmait, ce qui la rendait donc plus disponible pour nous donner la réplique. Lorsque j'ai joué ma scène, j'avais d'ailleurs l'impression d'avoir une comédienne en face de moi ! Le jour de mon dernier essai, j'ai rencontré Michel Cordes et Pierre Martot, avec qui j'ai beaucoup accroché et qui sont aujourd'hui devenus des amis. Pierre est un acteur génial, c'est avec lui que je me paye les plus grands fous rires dans *Plus belle*.

Combien d'essais as-tu faits avant d'être prise ?

J'en ai fait trois. Dès mon premier essai, Marie-Christine Lafosse m'a dit : « C'est fou, mais je vois que Mélanie, c'est toi. » Elle m'appelait pratiquement tous les jours pour me dire que les réactions de la chaîne étaient très positives. Pourtant, je ne voulais toujours pas y croire…

Puis, tu as eu *la* réponse qui allait changer ta vie…

Je n'en revenais pas ! J'étais prise sur une série pour France 3 ! J'allais enfin pouvoir vivre de mon métier… Le casting était au mois d'avril et nous avons commencé à tourner en juillet. Tout s'est fait très vite. On est alors descendus sur Marseille pour faire des essais maquillage, coiffure, costumes. Ça semblait complètement irréel.

Comment ça s'est passé avec les comédiens ? Vous entendiez-vous bien ?

Avec certains, le feeling est passé directement. Avec d'autres, le contact fut plus difficile à établir… Au début, j'avais l'impression d'être un personnage à part, de ne pas appartenir au groupe que formaient les comédiens de *Plus belle la vie*.

À quoi est dû, selon toi, le fait que tu es souvent « à part », comme tu le dis ?

Au lycée, je me suis posé toutes les questions du monde… Je pense que ce qui pose problème ce sont ma franchise et mon honnêteté : je dis toujours tout haut ce que d'autres se contentent de penser tout bas, ce qui ne facilite pas les rapports humains. Mais je n'aime tellement pas faire semblant… Je suis une fille terre à terre, humaine, et je ne crois pas que ce soit accepté dans ce milieu.

T'es-tu longtemps sentie isolée ?

Colette Renard, Michel Cordes, Pierre Martot et Sofiane Belmouden m'ont tout de suite adoptée et heureusement qu'ils étaient là, car parmi les jeunes, je n'avais pas l'impression d'être acceptée… Ce n'est qu'environ trois, quatre mois plus tard, que je me suis enfin sentie intégrée dans la troupe *Plus belle la vie*. Richard Guedj, le coach d'acteurs de la série, m'avait lui aussi adoptée dès le premier jour. Je n'oublierai jamais ce qu'il m'avait dit : « Tu es ma petite Sofia Loren à moi, t'as quelque chose, Laetitia. » C'est lui qui m'a poussée à donner davantage quand je jouais, à me faire confiance et à rester, parce que j'étais à deux doigts de partir…

Tu comptais quitter la série ?

J'allais au travail pour dire « trois cafés et deux jus d'orange », et je me disais que ce n'était sûrement pas comme ça que j'allais y arriver en tant que comédienne. Je ne savais pas quoi faire… J'en avais parlé à Richard qui m'avait dit : « Mais il ne faut absolument pas que tu partes, ce n'est que le début ! Sois patiente. Tu verras, ça viendra. Tu gâcherais tout en partant si vite ! ». Et ça n'a pas loupé : au bout de quatre mois, j'avais ma petite intrigue avec le personnage de François Marci. Et à partir de là, ça a été génial, j'ai pu enfin m'extérioriser et montrer ce dont j'étais capable.

C'est à ce moment-là que l'aventure *Plus belle la vie* a réellement démarré pour toi…

Oui, c'est à ce moment-là que j'ai eu l'impression d'être prise dans *Plus belle*. Je m'y suis mise à fond et j'ai saisi à bras-le-corps cette chance que les scénaristes, les producteurs, mais aussi la vie, me donnaient. Je m'entraînais à la maison, sans arrêt : j'avais de quoi me battre, j'avais enfin une partition qui me permettait de leur montrer que j'étais capable de jouer autre chose que « trois cafés et deux jus d'orange ». C'est à partir de ce moment-là que les autres comédiens de la série se sont ouverts à moi, qu'ils sont venus me parler. Ils se sont dit : « Ah, finalement, c'est une actrice ! »

Comment te sens-tu dans la série aujourd'hui ?

Je suis une actrice comblée ! Grâce aux producteurs qui m'ont fait confiance et aux auteurs qui imaginent des scénarii plus passionnants les uns que les autres, je ne m'ennuie pas une seconde et j'en apprends chaque jour un peu plus sur Mélanie. Je me suis également fait deux grands amis sur le plateau de *Plus belle* qui sont aujourd'hui essentiels à ma vie : Michel Cordes et Laurent Kerusore. Puis, tout comme le dix-sept récurrents, l'équipe technique, les rôles secondaires et les fans, sans qui *Plus belle* n'aurait jamais connu la popularité dont elle jouit aujourd'hui, je pense que j'ai contribué au succès de la série. Je suis fière de faire partie de ce groupe-là. Même si *Plus belle* s'arrête demain, la fierté demeurera. C'est ce que je raconterai plus tard à mes petits enfants. Maintenant, je n'ai pas non plus envie que ma carrière se résume à ça !

Vivais-tu alors toujours à Paris ?

Au bout de cette première intrigue, nous avons décidé avec Badri de retourner vivre dans le Sud. Ce qui m'a facilité la vie, car je tournais énormément et avec les textes à apprendre, je ne pouvais pas rentrer sur Paris souvent. Donc on a pris un petit studio à Marseille de 20 m² ; encore un truc complètement délabré… on y était abonnés, je crois ! On était pressés, car il me fallait absolument un pied-à-terre à Marseille et on a dû prendre la première chose qui se présentait : ma mère habitait à 80 kilomètres des studios, il n'était donc pas question que l'on loge chez elle en attendant de trouver quelque chose de valable ! À partir de ce moment-là, notre vie a changé. La série a commencé à marcher, l'audience grimpait en flèche, on était à la fois surpris et rassurés. On a alors décidé avec Badri de prendre un crédit et d'acheter un appartement. Et c'est à Martigues que nous avons trouvé notre nid d'amoureux.

Te souviens-tu de ton premier fan ?

C'est arrivé étonnamment très tôt : les quatre premiers mois de diffusion n'ont pas été fantastiques du point de vue de l'audience, mais on m'a tout de suite reconnue dans la rue. Pourtant, au début, le rôle de Mélanie n'était pas très étoffé et elle était peu souvent présente à l'écran. Ce jour-là, j'étais en train de nettoyer ma voiture, devant chez moi, lorsqu'une jeune fille s'approche et me demande : « Vous n'êtes pas celle qui joue dans *Plus belle la vie*, la nouvelle série de France 3 ? » Mon cœur s'est immédiatement mis à battre à mille à l'heure, mes joues chauffaient et s'empourpraient. En te le racontant, j'en ai d'ailleurs encore les larmes aux yeux... Je me suis dit : « Waouh ! Ça y est, on me reconnaît... j'ai dit "deux cafés" hier soir, et on me reconnaît ! » Je n'en revenais pas. Je la regarde, interdite, et je lui lance un « ouais » hésitant. Elle continue en me disant qu'elle aime cette nouvelle série qui se déroule à Marseille, même si peu de comédiens du feuilleton ont l'accent du Sud. Puis elle termine en me demandant : « Est-ce que je peux avoir un autographe ? ». Elle... me demande... un autographe ? Mais qu'est-ce qu'on est censé écrire sur un autographe ? Dois-je simplement signer ? Je finis par me lancer, au risque de paraître ridicule et/ou novice, et lui griffonne : « Des millions de gros bisous, Laëtitia Milot. » Je n'avais pas fini d'écrire ces quelques mots que je les regrettais déjà ! C'était nul et complètement creux ! J'aurais pu trouver mieux… Mais la sympathique demoiselle avait l'air satisfaite. Une fois qu'elle fut partie, j'ai lâché mon aspirateur et suis montée à la maison afin de raconter mon aventure à Badri. Il pensait que je lui faisais une blague ! C'était tout simplement incroyable. Je touchais du doigt la popularité, mais tout cela avait encore une saveur irréelle…

Une journée de tournage de « Plus Belle la vie »

Mes semaines de travail se ressemblent rarement ; elles varient en fonction des histoires dans lesquelles Mélanie est impliquée. Je peux ne travailler que deux heures le matin, seulement trois jours dans la semaine ou bien tourner tous les jours de 7 heures à 18 h 30. Mais nous ne dépassons jamais neuf scènes par jour.

Voici ce à quoi ressemble ma journée lorsque Mélanie joue dans l'intrigue phare :

5 heures (ou 5 h 15, selon mes envies) : le réveil sonne, je saute sous la douche et j'avale mon petit dej'.

6 heures : au volant de ma petite voiture, je quitte Martigues.

6 h 45 : arrivée aux studios, 37, rue Guibal.

6 h 50 : je m'habille en Mélanie, le costume est toujours prêt sur mon portant.

7 heures : je passe au maquillage…

7 h 30 : … puis à la coiffure.

8 h 15 : je dois absolument être prête pour le PAT (ou « prêt à tourner », soit début du tournage) de ma scène. J'arrive sur le plateau, un grand bonjour à tout le monde. Richard, Marie-Anne, mes coachs adorés sont là, ainsi que le réal de la semaine et l'équipe technique. C'est parti pour la mise en place et la répétition de la première scène de la journée.

Entre 8 h 30 et 9 h 00 : tournage de la première scène, MOTEUR… ACTION !

Vers 9 h 20 : fin de la première scène et on enchaîne avec une autre, et ainsi de suite pendant toute la matinée.

Vers 13 heures : les comédiens, l'équipe technique et la production se retrouvent pour le déj.

14 heures : reprise du tournage. Maquilleuse et coiffeuse s'affairent pour quelques raccords avant mes prochaines scènes.

18 h 30 : clap de fin.

19 h 15 : arrivée à la maison. Je fais au moins une demi-heure de sport dans cette journée : le matin avant de partir, suivant l'heure du lever, ou pendant la journée, lorsque j'ai une pause entre mes scènes, ou encore en rentrant le soir.

20 h 10 : avec mon mari, nous regardons *Plus belle la vie*. Si je n'ai pas fini de préparer à manger à ce moment-là, je continue mes équations culinaires tout en regardant les aventures des Mistraliens.

20 h 35 : je révise mes textes pour le lendemain. C'est un rythme à prendre : jouer dans une série diffusée en quotidienne comme *Plus belle la vie*, signifie que tu dois consacrer trois, quatre heures le samedi, ainsi que le dimanche, à tes textes. Il s'agit certes de les mémoriser, mais également de travailler le jeu, les intentions, les émotions. La veille du tournage, tu dois également prévoir une heure, souvent en soirée d'ailleurs, afin de réviser les textes que tu as appris le week-end.

Vers 21 h 30 : pause détente avec mon amoureux. Si je travaille très tôt le lendemain, nous restons à la maison. Nous aimons bien regarder un ou deux épisodes de nos séries préférées, comme *24 heures chrono, Grey's anatomy, Dexter,* ou encore *Lost.*

Entre 22 h 30 et 23 heures : je me glisse dans les bras de Morphée…

MON MARSEILLE

CARNET DE VOYAGE

Travailler à Marseille est une chance incroyable. La cité phocéenne regorge de beautés, parfois insoupçonnées, dont je ne suis pas prête de me lasser ! En voici un petit panaché :

Notre-Dame de la Garde

La fameuse « Bonne Mère », cette basilique dressée sur son piton de calcaire, aussi célèbre que le Vieux-Port dont elle offre une vue imprenable. C'est la première chose que j'ai vue de Marseille, j'avais 12 ans. J'en garde un excellent souvenir, car nous avions visité Notre-Dame en famille, quand mes parents étaient encore ensemble…

La Corniche

Sur la Corniche, cette route qui longe le littoral entre le palais du Pharo et les plages du Prado, la mer semble embrasser la colline, offrant une vue sublime. En fin de journée, le soleil couchant donne à cette désormais célèbre route sinueuse une beauté presque irréelle. J'adore y faire un petit footing…

Le palais Longchamp

Ce palais, édifié par le même architecte qui a construit la « Bonne Mère », Henry Espérandieu, abrite bien plus de trésors qu'il n'y paraît : le monument édifié à la gloire des eaux de la Durance, qui arrivent à Marseille au XIXe siècle,

le musée des Beaux-Arts, ainsi que celui d'Histoire naturelle, mais également un fantastique jardin où je prends souvent des photos.

Le quartier du Panier

Le quartier du Panier est un magnifique témoignage de la beauté provençale, avec ses rues sinueuses et ses maisons colorées. C'est ce quartier qui a inspiré les décorateurs de *Plus belle* pour créer le Mistral, qui a été construit sur le fameux plateau « 1 000 » dans les studios de la Friche, à la Belle de Mai.

La calanque des Figuières

Ma calanque favorite. Pour moi, le plus bel endroit de la côte bleue. L'eau y est digne des Caraïbes et les fonds marins, sublimes. Si vous avez de la chance, avec votre masque et votre tuba vous pourrez même surprendre quelques mérous échappés de la réserve de Carry-le-Rouet.

Les îles du Frioul

Cet archipel est une des perles marseillaises. C'est là que se trouve le fameux château d'If, où Dumas planta le décor de son fameux *Comte de Monte-Cristo*. Pour se rendre dans une de ces quatre îles (Pomègues, Ratonneau et Tiboulen pour les autres), je vous conseille d'emprunter la navette que j'ai parrainée : la *Edmond Dantès*, évidemment !

Le vallon des Auffes

Le plus pittoresque des ports de pêche, véritable carte postale, avec ses pointus, les barques traditionnelles, et

ses maisons qui semblent se donner l'accolade. Si vous ne connaissez pas encore la cité phocéenne, allez respirer l'air marseillais dans ce vallon qui sent bon la bouillabaisse. Vous en serez tout retourné !

Mes restos :

Le Péron, 56, corniche du Président John Fitzgerald Kennedy, dans le VIIe.

Au bord de l'eau, 15, rue des Arapèdes, dans le VIIIe.

Restaurant Bellevue, 34, quai du Port, dans le IIe.

Le Bistrot vénitien, 29, cours Julien, VIe.

La Baie des Singes, cap Croisette, dans le VIIIe.

Au cœur du Panier, 18, rue Panier, dans le IIe.

Le Marseillois, quai du Port, dans le IIe.

Chez Fonfon, 140, rue du Vallon des Auffes, dans le VIIe.

Le Camors, 84, plage de l'Estaque, dans le XVIe.

Chez Aldo, 28, rue Audemar Tibido, dans le VIIIe.

To be célèbre or not to be…

La célébrité vous donne l'impression que
tout le monde vous connaît,
mais en réalité, vous ne connaissez personne.

CHARLIE CHAPLIN

Comment ton mari vit-il ta célébrité ?

Il la vit très bien, mais il est vrai qu'on ne peut pas faire ce qu'on veut au moment où on veut. C'est très difficile d'être spontané : tout doit être prémédité. Il faut planifier les sorties au resto, les sorties au cinéma, les sorties shopping. On n'ira pas par exemple faire les boutiques un samedi après-midi dans la rue Saint Ferréol de Marseille. Moi qui adorais faire les magasins, acheter des chaussures, de la lingerie… ça me fait faire des économies !

Mais tu dois bien faire du shopping quand même ?

Il peut m'arriver de finir de tourner *Plus belle* à 9 heures du matin, lorsque je n'ai qu'une scène dans la journée. À ce moment-là, je vais par exemple aux Galeries Lafayette, à Marseille, dès la fin du tournage, car il n'y a pas beaucoup de monde. Quant au cinéma, on essaie d'y aller en semaine, le lundi ou le jeudi.

Quand on se rencontre à l'extérieur, tu portes un gavroche, ou une casquette… Fais-tu toujours ça ?

Je le fais dans le Sud, si je veux passer incognito. Lorsque je suis à Paris ou à l'étranger, je n'ai pas besoin de mes accessoires, car on me reconnaît moins. Sinon, je ne sors jamais sans lunettes ou sans casquette. Et quand je décide de porter une belle robe, ce n'est pas la joie d'être obligée de porter un gavroche ! Quant aux lunettes, ça marche évidemment moins bien qu'un chapeau.

Comment cela se passe-t-il lorsque tu veux sortir avec ton mari ou lorsque vous allez dans une soirée ?

Eh bien ce n'est pas la joie ! Par exemple, ça va te sembler fou mais c'est vrai, je ne vais jamais aux mariages, sauf si c'est de la famille très proche ou si c'est un tout petit mariage, car je vole la vedette à la mariée, et c'est très gênant… Si je vais à ce mariage, c'est pour m'amuser, non pas pour faire une séance de dédicace. Le problème, c'est que si je refuse des autographes par respect pour les mariés et aussi parce que j'aspire à un peu de normalité, on pense que j'ai la grosse tête ! C'est assez spécial…

C'est tout de même assez triste de ne pas pouvoir aller à un mariage !

Oui… C'est un aspect négatif de la célébrité, mais je n'oserais pas me plaindre. En revanche, pour le mariage de mon frère David, ce fut différent, car il n'y avait que trente personnes et sur les trente, il n'y en avait que dix que je ne connaissais pas. Je n'ai fait des photos avec les serveurs et certains invités que pendant quelques minutes, après ça, j'ai pu passer une très bonne soirée.

Et tes parents, comment réagissent-ils à ta célébrité ? Leur comportement envers toi a-t-il changé ?

Mes frères sont très fiers, ils sont les premiers à dire « je suis le frère de Laëtitia Milot. » Maman est très fière aussi, mais ce n'est pas elle qui va dire « je suis la mère de Laëtitia Milot. » Jamais. Ce sont les gens qui finissent par l'apprendre et qui vont la voir en lui disant « il paraît que vous êtes la mère de Laëtitia Milot qui joue dans *Plus belle la vie* » et souvent on lui dit « vous devez être fière de votre fille », ce à quoi elle répond systématiquement « je suis fière de mes trois enfants. » Et elle a bien raison, car mes deux frères ont une belle carrière. Par contre, qu'il s'agisse de ma mère, de mon père ou de mes frères, à chacune de nos rencontres, ils ont toujours une liste avec les noms des personnes pour lesquelles je dois faire des cartes dédicacées. Ce qui est drôle, c'est que maintenant ma mère marche sur des œufs chaque fois qu'elle me demande des autographes ! Il est vrai que je préfère qu'un fan écrive une lettre, plutôt que de faire des piles de cartes dédicacées. Je prends d'ailleurs beaucoup de plaisir à répondre aux lettres des fans. Par contre, je n'aime pas recevoir des lettres chez moi…

Oui, j'imagine, ce n'est pas très rassurant...

J'estime qu'il faut qu'on respecte notre vie privée. Il y a la production où les fans peuvent me contacter...

Sais-tu ce que tu ferais si le métier de comédienne ne marchait plus ? Ou peut-être n'es-tu pas du genre à te projeter ?

Je suis vraiment du genre à me projeter, malheureusement et je le fais vraiment trop souvent, ce qui n'est pas bon pour le moral, car le métier de comédienne est par essence un métier où la sécurité n'existe pas. Le problème, c'est que j'y pense tout le temps, et qu'en plus, je l'extériorise. Laurent Kerusore pourrait te dire combien je le gonfle avec ça. Lui est comme moi, mais il essaie de ne pas y penser. Et quand je commence sur ce sujet, tu peux être sûre qu'on va finir tous les deux complètement déprimés ! Je pense vraiment trop au futur, ce qui engendre énormément de peurs...

Mais c'est peut-être quelque part ce qui te pousse hors de ta zone de confort et t'incite à agir ?

J'ai en effet besoin de cette peur, car elle fait partie du métier que j'exerce ; la ressentir, c'est être comédien. Mais il est vrai que le futur me fait très peur. Si tu me disais que je pouvais aujourd'hui savoir à quoi ressemblera le reste de ma vie et savoir si je resterai comédienne, je le ferais.

Quelle est ton angoisse ? Que tout s'arrête ?

Oui, que tout s'arrête, que je ne puisse plus exercer mon métier, que personne ne veuille de moi...

La peur te sclérose-t-elle ou es-tu plutôt du genre à planifier une reconversion ?

Je ne peux pas planifier ma reconversion. De toute façon, je me vois très mal faire autre chose, surtout après *Plus belle la vie*. Je pense que je ferais une grosse dépression, car je tomberais de très haut… Tout le monde me dirait tout le temps : « Ah, vous étiez celle qui jouait dans *Plus belle la vie* ? ». Et le truc, c'est qu'on va te le dire une fois, deux fois, puis cent fois, jusqu'à ce que ça devienne insupportable, car toi, tu t'efforces d'oublier cette existence passée afin d'essayer d'embrasser la normalité, et les remarques des uns et des autres te ramènent toujours au point de départ. La dépression est alors un passage presque inévitable… Ne plus jouer, ne plus faire le métier que j'aime, ce serait atroce, surtout après y avoir goûté. Si j'avais toujours vécu dans le rêve, en effet, ça ne serait pas autant problématique. Mais lorsque tu l'as exercé à haute dose et pendant longtemps, c'est là que ça te rend malade.

Que te dit ton mari ?

Je lui en parle beaucoup, en effet, mais sa réponse est beaucoup trop optimiste, car il a une confiance aveugle en moi et en mes capacités… Il me dit : « Ça ne t'arrivera pas, ne t'inquiète pas, tu retomberas toujours sur tes pattes, tu te bougeras pour faire autre chose… ». Bon, c'est vrai que je me bouge beaucoup pour faire autre chose, mais quand même !

Ses paroles parviennent-elles à te calmer ?

Sur le moment ses paroles m'apaisent, car Badri sait trouver les mots. Mais les angoisses reprennent vite le dessus… Dans ce métier, tu ne sais vraiment pas de quoi le futur sera fait. Puis j'ai connu le « rien », et c'est très dur. C'est pour cela que j'en ai peur et je ne veux pas le revivre.

Mais avec le succès actuel de *Plus belle la vie*, tu es tout de même aujourd'hui plus à l'abri que n'importe quel acteur en France…

C'est vrai que nous sommes une exception dans le milieu… les acteurs récurrents, dont je fais partie, ont cinq semaines de congés par an et un nombre de cachets minimums garantis par mois. Si nous tournons moins, nous sommes tout de même payés le nombre minimum, et si nous tournons plus de jours que prévu, nous sommes payés le nombre de cachets effectués. Ce qui nous garantit un salaire minimum par mois. Mais *Plus belle* n'est pas éternelle non plus et même si c'est très bien, dans le métier, c'est un piège.

Pourquoi dis-tu que *Plus belle* est un piège ?

Jouer dans une série fait que tu es beaucoup dénigré en tant qu'acteur. Et pourtant, avec le peu de temps que nous avons pour chaque prise dans *Plus belle*, et le nombre de minutes utiles à faire par jour, je trouve que nous nous débrouillons vraiment bien. Le problème est qu'on nous colle une étiquette : celle « d'acteur de feuilleton qui ne sait pas faire autre chose »… Bienvenue en France ! Nous n'avons pas encore l'ouverture d'esprit des États-Unis où les acteurs font d'incessants allers-retours entre le petit et le grand écran sans que l'on porte un jugement sur leurs capacités, leur professionnalisme ou leur talent. Ici, on nous considère immédiatement comme des acteurs au rabais… La mentalité française oppose le niveau grandiose du cinéma au niveau populaire de la télé. Ce qui est totalement injuste, car la télé regorge d'excellents comédiens qui mériteraient d'être sur le grand écran. Mais il y a des acteurs comme Jean Dujardin qui donnent tout de même de l'espoir.

À quoi aspires-tu maintenant ?

Je vais être très originale et audacieuse : faire du cinéma !

Peut-être les journalistes sommes-nous aussi responsables de ce clivage télé/cinéma, car nos questions vont souvent dans ce sens et creusent ce sillon qui vous pourrit ensuite la vie…

On le voit d'ailleurs dans les magazines comme *Elle* ou *Marie Claire* : en France, ce sont les acteurs de cinéma qui intéressent pour les couvertures, pas ceux de la télé. Les magazines féminins sont rarement intéressés par nous…

As-tu mis une stratégie en place pour atteindre ton but ?

La stratégie pour le cinéma, c'est le théâtre. On vient d'ailleurs de me faire deux propositions très intéressantes. Affaire à suivre…

Les mots de Badri

Quel souvenir gardes-tu de ta première rencontre avec Laëtitia ?

Ce n'est pas tellement notre première rencontre qui m'a marqué… le coup de foudre s'est produit quelque temps plus tard, lorsque Laëtitia est venue chez moi pour une soirée que j'avais organisée avec des amis. Laëtitia est évidemment très belle, mais ce qui m'a frappé ce jour-là, c'était son aura. Lorsqu'elle est entrée dans l'appartement, j'ai eu l'impression qu'elle illuminait la pièce, on ne voyait plus qu'elle, une véritable apparition ! Ce n'est pas tellement son physique qui m'a subjugué, mais sa beauté intérieure, qui semblait rayonner ; je n'arrivais pas à la quitter des yeux, j'étais complètement hypnotisé. Je me suis immédiatement senti attiré par Laëtitia et j'ai dû me battre contre ces sentiments, car elle avait déjà quelqu'un dans sa vie…

Tu étais passionnément amoureux de Laëtitia et pourtant, tu as soutenu son petit ami dans la maladie…

Lorsque j'ai appris qu'elle vivait un tel drame, je n'en revenais pas ! Au travail, son visage s'illuminait toujours d'un sourire, rien ne semblait la fâcher, elle était toujours d'humeur égale. Je trouvais cela épatant. Il y a beaucoup de personnes qui n'auraient pas pu endurer un dixième des épreuves que Laëtitia a vécues. Malgré toutes ces choses qui lui tombaient dessus, elle était toujours là, debout, avec son énergie et sa bonne humeur. Yannis, le

petit ami de Laëtitia, était un homme formidable et nous avions beaucoup de centres d'intérêt en commun. Bizarrement, je me suis lié d'amitié avec lui, et cela a immédiatement mis une barrière morale à ce que je ressentais pour Laëtitia. Mais je ne peux pas te cacher que la situation était extrêmement difficile à gérer. Ce qui était fou, c'est que plus le temps passait, plus j'avais l'impression qu'il me disait : « Je compte sur toi pour prendre soin de Laëtitia ». Au décès de Yannis, la douleur de Laëtitia a été grande et j'ai été à ses côtés, comme un ami pouvait l'être.

Quand as-tu su que c'était la femme de ta vie ?

J'ai su tout de suite que c'était elle, dès ce coup de foudre à mon appartement. Et depuis qu'on s'est rencontrés, on ne s'est plus lâchés. Lorsque nous nous sommes mis ensemble, il a tout de suite fallu que l'on vive ensemble, et lorsqu'elle a décidé de monter à Paris, je suis parti avec elle. Toutes ces décisions ont été prises naturellement, nous n'avions pas besoin d'en discuter, il était évident qu'elle était la femme de ma vie, et moi l'homme de la sienne, et que nous allions fonder une famille ensemble. Tout comme Laëtitia, je crois beaucoup au destin, au fait que rien n'arrive par hasard.

Elle est vraiment ta moitié, au sens premier du terme…

C'est exactement cela. Nous étions nés pour nous rencontrer. Lorsque nous ne sommes pas ensemble, j'ai l'impression qu'un morceau me manque… On ne supporte pas de ne pas avoir de nouvelles l'un de l'autre, de ne pas savoir où est l'autre, ou encore ce qu'il fait. Nous recevons d'ailleurs beaucoup de critiques de la part de nos proches concernant notre manière de vivre notre relation, jugée par beaucoup comme trop fusionnelle. Mais c'est notre vision du couple, notre manière d'être, et ça nous rend heureux, alors, pourquoi changer ?

Et le bébé, c'est pour bientôt ?

On en veut un tous les deux. En ce moment, on y pense beaucoup et on en parle beaucoup, mais tout dépendra de la vie professionnelle de Laëtitia… Je pense qu'une fois la maison terminée, notre nid prêt, on va se mettre à travailler sérieusement pour mettre le bébé en route !

Au quotidien, comment cela se passe-t-il ?

Elle est très organisée, et en plus, elle a l'énergie d'un régiment. Par moments, elle m'épuise ! C'est vrai qu'il y a des choses qui ne me rentrent pas, comme le gel que je laisse systématiquement ouvert et que j'oublie systématiquement de ranger, même si Laëtitia me le rappelle trente fois. Mais je ne me considère pas pour autant comme bordélique, je pense que le problème c'est qu'elle est trop maniaque : elle peut par exemple vérifier quatre fois d'affilée si la porte du frigo est bien fermée… C'est d'ailleurs très souvent pour cette raison que nous nous accrochons…

Quel type d'homme en colère es-tu ?

Je suis quelqu'un de diplomate. Dans mon travail, avec mes amis ou la famille, je communique normalement beaucoup lorsqu'il y a des conflits. Mais lorsqu'il s'agit de mon couple, bizarrement, je me mure dans le silence. Laëtitia est, elle, très têtue, elle se met alors à disserter sur ce que je pense, ce que je dirais, bref, elle se fait les questions et les réponses toute seule. Et si je me tais dans ces moments-là, c'est parce que ça me fait plaisir de l'agacer !

Comment vis-tu sa célébrité ?

Nos amis et nos proches me demandent sans arrêt comment je fais pour voir ma femme embrasser d'autres hommes, mais je n'ai jamais compris ce genre de remarque. Lorsque tu assistes à un tournage pour la télé ou le cinéma, tu te rends compte qu'avec les trente personnes qui gravitent autour des acteurs pendant une scène d'amour, ça ne peut rien avoir d'intime, c'est plutôt mécanique.

Et l'impact de cette célébrité sur ta liberté, comment le vis-tu ?

On ne vit évidemment plus de la même manière aujourd'hui, que lorsque l'on s'est rencontrés. Ce qui est pénible, c'est qu'on ne peut rien improviser. On ne peut pas se dire, par exemple, tiens, allons boire un verre, car on va se sentir épiés, et ce moment de détente va se transformer en séance de dédicace. Pendant les années qu'on

a passées à Martigues, les fois où on est allés boire un café sur le port se comptent sur les doigts d'une main. Cet aspect de la célébrité est en effet assez pesant. Lorsque l'on fait quelque chose, il faut que ce soit organisé : on va ainsi dîner dans un resto où on a l'habitude d'aller, et on va essayer de se trouver une table dans un coin, afin d'avoir un peu d'intimité. On préfère également sortir la semaine, lorsqu'il n'y a pas beaucoup de monde. Certains disent que c'est le revers de la médaille, mais quand même, lorsqu'on voit que des voisins viennent taper à la porte pour nous demander un autographe ou qu'une personne n'arrive pas à faire la différence entre Laëtitia et le personnage qu'elle joue, je trouve tout de même cela lourd. Le côté populaire de la série fait que les gens ont l'impression de connaître Laëtitia, et l'approcher leur semble donc bien plus facile que s'il s'agissait d'une star de ciné, la personne va donc moins hésiter à venir faire un coucou. L'autre aspect qui est plus inquiétant est sa sécurité, car il lui est déjà arrivé de se faire suivre en voiture et devoir faire plusieurs fois le tour de la ville pour décourager les curieux. Tu imagines donc que je ne suis pas tranquille lorsqu'elle va faire les boutiques toute seule… Même si je suis extrêmement fier de sa réussite, j'aimerais bien de temps en temps appuyer sur un bouton et pouvoir être un peu plus dans la normalité avec la femme que j'aime.

La Bible n'est pas le livre dans lequel on penserait trouver un des plus beaux textes d'amour, et pourtant… C'est bien dans le Cantique des cantiques, dans l'Ancien Testament, que l'on peut lire cette sublime ode à l'amour.

Le Cantique des cantiques 8 : 6-7.

Mets-moi comme un sceau sur ton cœur,
Comme un sceau sur ton bras ;
Car l'amour est fort comme la mort,
La jalousie est inflexible comme le séjour des morts ;
Ses ardeurs sont des ardeurs de feu,
Une flamme de l'Éternel.
Les grandes eaux ne peuvent éteindre l'amour,
Et les fleuves ne le submergeraient pas ;
Quand un homme offrirait tous les biens de sa maison contre l'amour,
Il ne s'attirerait que le mépris.

Mon mariage

L'amour c'est de la physique, le mariage c'est de la chimie.

ALEXANDRE DUMAS FILS

Que représente le mariage pour toi ?

Le mariage n'est pas une chose anodine, ce n'est pas un contrat que l'on peut annuler en divorçant, c'est un accord qui transcende les lois humaines. Si j'ai attendu six ans pour me marier avec Badri, c'est qu'il y a une raison. Pour moi, il n'y a qu'un mariage dans une vie. Il est vrai que je n'ai que 29 ans et cela fait seulement huit ans que je connais Badri… Je ne sais pas si à 45 ans je te tiendrai le même discours…

Comment Badri t'a-t-il fait sa demande en mariage ?

J'avais envie de me marier deux ans avant que Badri ne fasse sa demande. J'en parlais beaucoup, lui m'en parlait peu et, évidemment, ça me contrariait terriblement. Chaque fois que l'on arrivait à Noël ou à mon anniversaire, je me disais : « Ça y est, il va me demander en mariage, il a tout planifié, il faisait exprès de ne rien me dire ! ». Mais en fait, pas du tout, il ne me demandait pas en mariage ! Et le jour de mon anniversaire, le 5 juillet 2006, Badri m'emmène à la plage de la Couronne, avec une bouteille de champagne et un petit cadeau sous le bras. C'est sur cette plage que nous avions passé notre première nuit ensemble. On ne sortait pas encore ensemble, donc, non, nous n'avions pas fait l'amour, mais nous avions parlé un bon bout de la nuit et à 7 heures du matin, on s'était même fait réveiller par les hommes qui nettoyaient la plage. J'ai donc ouvert mon présent et c'était une bague ! Sa demande en mariage était touchante, c'était un moment très émouvant qui m'a fait verser ma petite larme. J'étais aux anges, j'allais bientôt me marier !!! Il ne nous a pas fallu longtemps pour fixer la date de notre mariage : le 30 juin 2007.

Tu es catholique, Badri est musulman, et ses parents sont très pratiquants. Comment ont-ils pris votre mariage ?

Pas très bien au début. Mais Badri est assez tête de mule et son bonheur passe avant tout. Que ses parents soutiennent ses choix ou pas, ça lui est égal, il fonce. Badri est assez indépendant par rapport à ses parents, heureusement, car le contraire aurait rendu notre relation difficile ! Il a su s'imposer et leur dire « c'est elle et ce ne sera personne d'autre. Si vous n'êtes pas contents, c'est pareil. » Mais aujourd'hui, j'ai d'excellentes relations avec mes beaux-parents, ils m'apprécient beaucoup.

Que penses-tu des cas où la religion se mêle de l'amour ?

Les parents doivent accepter que leurs enfants suivent leurs propres envies et qu'ils mènent leur propre vie. Si les enfants prennent le mauvais chemin et se trompent, ce n'est pas forcément une mauvaise chose, car c'est en se trompant qu'on apprend et qu'on avance. Mais je ne pense pas qu'il faille interdire à ses enfants de faire quoi que ce soit, et surtout pas à cause de principes religieux.

De quel mariage rêvais-tu ?

Quand j'étais gamine, je rêvais d'un grand mariage de princesse dans une église, suivi d'une réception dans un château ou un manoir. Mais j'ai dû modifier quelque peu mes rêves : pour commencer, nous n'avons pas pu le faire à l'église, car Badri et moi étant de deux confessions religieuses différentes, nous avons choisi de ne pas faire de cérémonie religieuse, pour ne pas créer de tension entre nos deux familles. Ensuite, le château était au-dessus de nos moyens !

Comment t'es-tu décidée pour ta tenue ? Ne rêvais-tu pas de te marier en blanc ?

La couleur de la robe s'est décidée par hasard. À la base, je rêvais d'une grande robe blanche avec une grande traîne, mais on a décidé d'opter pour l'originalité en se mariant en noir et rouge, les invités étant quant à eux tout de blanc vêtus.

Où as-tu trouvé ton bonheur ?

J'ai évidemment fait la tournée des magasins de robes de mariée, mais il n'y avait rien qui me plaisait, je n'avais pas le coup de foudre, ou peut-être pas le feeling avec les vendeurs. Une costumière de *Plus belle la vie* m'a alors conseillé d'aller voir une styliste à Salon-de-Provence, il s'agissait d'une certaine Maïté, dont la boutique s'appelait « Divine création ». Maïté est en fait un petit bout de femme, pleine de vie, toujours très souriante. Elle m'a très vite cernée et m'a tout de suite dit : « Tu as une beauté latine, il vaudrait mieux aller vers des tons chauds, plutôt que vers du blanc. » Au début, je pensais combiner du rouge et du blanc, mais elle m'a orientée vers du rouge et du noir. « Si tu veux faire quelque chose qui sort du lot et correspond à ton caractère, ce sont ces deux couleurs que j'assortirais », m'a-t-elle dit. Et elle m'a créé la robe de mes rêves. Maïté est aujourd'hui devenue une amie. Elle me coud pas mal de modèles pour les séances photos que je dois faire pour la presse ou pour des publicités.

Et pour le lieu ?

Comme je te le disais, mes rêves de petite fille m'avaient accompagnée jusqu'à l'âge adulte, et si nous n'avons pas pu louer un château, nous avons tout de même trouvé un endroit merveilleux. Notre organisatrice de mariage nous avait ainsi proposé quantité de lieux somptueux, mais qui étaient beaucoup trop chers pour nous. Nous avons donc opté pour le Château de Saint-Girons, une grande bastide près d'Aix, avec un magnifique jardin.

Votre organisatrice s'est-elle occupée de la totalité de l'organisation de votre mariage ?

Une organisatrice se paye en fonction de la charge de travail que tu lui donnes, donc plus elle est impliquée dans le mariage, plus l'addition augmente. Notre budget n'étant pas extensible, il y a beaucoup de choses que nous avons faites nous-mêmes.

Aviez-vous beaucoup d'invités ?

Nous avions cent cinquante invités. Il y avait toute ma famille, et j'ai une grande famille, ainsi que toute la famille de Badri qui est en France. Ma grand-mère m'a beaucoup manqué. Elle me parlait beaucoup de mon futur mariage et elle adorait Badri. Mais, qui n'aime pas Badri ! J'ai un drôle de caractère, je ne plais pas à tout le monde, mais lui est un vrai caméléon, il arrive à s'adapter à chaque milieu, à chaque situation et à chaque personne. Je l'envie, car je suis incapable de faire ça, je suis trop entière et je n'arrive pas à faire des efforts comme lui peut faire, je suis trop franche !

Qui étaient tes témoins ?

Mes témoins étaient Michel Cordes et Laurent Kerusore, et Badri avait pris son meilleur ami, Pierre, et mon frère aîné, David. Lorsque David s'est marié à son tour l'été dernier, il a également pris Badri comme témoin. C'est une chance formidable que ça colle à ce point-là entre tous les deux !

Tu n'avais pas d'amis d'enfance qui auraient pu être tes témoins ?

J'ai des amis d'enfance avec qui je m'entends très bien, comme Florence, que je considère comme ma cousine, mais je ne lui aurais pas proposé d'être mon témoin, car je ne la vois pas assez souvent. Quant à de vrais amis, je n'en ai pas. Au collège, j'avais effectivement des copines, et j'étais très proche de l'une d'elles. Elle est devenue anorexique. Je l'ai soutenue dans sa maladie, mais du jour au lendemain, elle a énormément changé, elle est devenue quelqu'un d'autre. Elle ne m'a plus supportée et m'a rayée de sa vie. Ça m'avait énormément bouleversée à l'époque, car je ne voyais qu'à travers elle, je la considérais comme ma meilleure amie. Et après cette expérience, je ne me suis plus liée avec d'autres personnes de mon sexe, je n'y arrivais plus. Ça a vraiment été une expérience traumatisante. À part cette fille-là, je n'ai jamais eu d'autre véritable amie. J'ai des copines, des relations, des collègues, mais pas d'amie sincère. En tant que fille, je trouve difficile de trouver une amie sur laquelle tu peux compter.

Tu avais donc essentiellement des amis du sexe dit fort ?

Oui, mais en même temps, mes « amis » du sexe opposé voulaient autre chose que l'amitié que je leur proposais…

Où s'est déroulée la cérémonie ?

On s'est mariés à la mairie de Bagatelle à 16 heures. Je rêvais d'un mariage à l'américaine, en extérieur. Ma première idée a donc été de me marier sur une des îles du Frioul, sur la plage, et de faire ensuite la fête sur place. Mais l'organisatrice me l'a très fortement déconseillé, parce que s'il y avait le moindre vent le jour du mariage, la fête serait gâchée. Nous avons donc dû nous rabattre sur la mairie de Bagatelle, dans les Bouches-du-Rhône. Mais monsieur le maire a été adorable : je lui avais expliqué que je préférerais être mariée à l'extérieur, il a accepté et placé tout l'équipement sur le parvis de la mairie. Nous sommes arrivés en limousine, Badri est descendu le premier, sa mère est venue le chercher, puis mon père m'a rejointe dans la limousine et m'a conduite jusqu'à monsieur le maire. On est par la suite repartis de la mairie en limousine avec les témoins jusqu'au domaine de Saint-Girons où les invités nous attendaient. D'ailleurs, quelle histoire, cette limousine !

Quelle histoire ?

On avait décidé dès le début d'avoir une limousine, que l'on avait réservée très longtemps à l'avance, car en Provence, les compagnies de voitures de luxe sont très vite prises d'assaut pour les mariages estivaux. Deux semaines avant le mariage, le propriétaire de la limousine nous téléphone et nous dit : « Je suis confus, mais ma limousine a brûlé, je ne peux plus m'occuper de vous. Par contre, si vous voulez, j'ai d'autres voitures, mais plus de limousine. » Bien évidemment, en plein été, plus aucune limousine n'était disponible dans la région. On ne savait pas quoi faire et on était sur le point de prendre la Renault

Mégane décapotable qu'avait Laurent Kerusore à l'époque, lorsque ce monsieur nous recontacte, en nous disant qu'il nous a finalement trouvé une autre limousine via un ami à lui. La veille du mariage, à 20 heures, alors que nous étions sur les lieux de la réception pour valider la décoration avec l'organisatrice, ce monsieur nous appelle en nous proposant de nous amener la limousine, afin que nous puissions la voir avant le mariage. Mais, alors qu'il était en route pour venir nous voir, la limousine tombe en panne. Alors là, on ne riait plus du tout ! En même temps, il valait mieux que ça nous arrive la veille plutôt que le jour du mariage. Donc à 22 heures, la veille du mariage, on a téléphoné à la terre entière pour trouver une autre voiture pour le lendemain… Heureusement, ce monsieur qui était tombé en panne avait une autre limousine, mais qui datait un peu. Il fallait qu'il la fasse démarrer, qu'il la bidouille, car ça faisait longtemps qu'elle ne roulait plus, mais elle pouvait nous dépanner pour le lendemain. C'est donc celle-là qu'on a prise, même si ce n'était pas la voiture dont je rêvais.

Qui s'est occupé de ta mise en beauté le jour J ?

J'ai noué des relations avec des coiffeuses et des maquilleuses du HMC de *Plus belle*, le fameux « habillage maquillage coiffure », et du coup, je fais souvent appel à elles pour tout ce que je fais en dehors de la série. Pour le mariage, ce fut Marie-Pierre qui me maquilla et Nathalie qui me coiffa. Quant à Badri, ce sont nos coiffeurs attitrés, Yang et Nicolas, qui se sont occupés de lui. Ils nous coiffent depuis des années : nous sommes abonnés à leur salon, *Welcome* à Marseille. C'est d'ailleurs là-bas que nous nous sommes préparés le matin.

Quels sont les souvenirs qui t'ont marquée ?

Badri m'avait fait une vidéo surprise : il avait filmé tous les invités en train d'exprimer à leur manière des vœux pour notre mariage. Il y avait des prestations très originales, des choses plus simples mais tout aussi émouvantes. Les comédiens de *Plus belle* s'étaient régalés à faire des choses délirantes. Je me souviens tout particulièrement de ma grand-mère paternelle, qui n'entend plus très bien, donc à chaque question que Badri lui posait elle lui répondait par des « hein ? » pour finalement terminer par un : « Ah bon ? Tu vas te marier ? ». Sans le vouloir, elle était très rigolote. Ces petites interventions des invités étaient suivies d'un résumé de nos enfances à tous les deux avec des photos, sur la chanson *Je te promets* de Johnny Hallyday. J'ai évidemment pleuré comme une madeleine. Puis ma maman m'a chanté une chanson, elle était très émue et arrivait à peine à tenir le micro et jetait des regards tout paniqués sur la feuille où elle avait écrit les paroles, c'était très émouvant. Pierre Martot et Fabienne Carat ont également poussé la chansonnette. Tout cela a rendu le mariage inoubliable.

Quel était le menu pour le repas ?

C'était un menu « cuisines du monde », où on avait fait la part belle aux cuisines asiatique, orientale et créole.

Au cocktail, il y avait par exemple un monsieur qui préparait des sushis.

Aviez-vous des animations ?

Pendant le cocktail, des hommes sur des échasses servaient le champagne et une dame a fait une danse avec des sabres. Nous avions également des comédiens, qui, déguisés en serveurs, jouaient des sketches. Ils cassaient par exemple une assiette et faisaient ensuite semblant de se disputer, ou demandaient des autographes à tout le monde. Nous avions un orchestre jazz avec piano qui jouait pendant le cocktail et le dîner, et un DJ pour la soirée. On a ouvert le bal d'une manière peu conventionnelle : notre première danse était de la salsa.

Aviez-vous une liste de mariage ?

Non, car avec Badri, nous étions ensemble depuis six ans et nous n'avions pas besoin de quoi que ce soit.

Ce jour était-il à la hauteur de vos espérances avec Badri ?

J'en garde un merveilleux souvenir. Nous avons dansé jusqu'à quatre heures du matin et avec Badri, nous sommes ensuite allés dormir au château de la Pioline, près d'Aix. C'est un endroit magnifique. Dans la chambre, il y avait plein de surprises qui nous attendaient, dont un panier que ma mère nous avait confectionné. Après ça, tu as toute la pression de l'organisation, qui a tout de même duré un an, qui descend subitement et ça fait tout drôle, tu te sens épuisé. Tu te souviens de tous les événements que tu as vécus dans la journée et tu finis par même ne plus savoir qui est venu et qui n'est pas venu ! Il faut savourer la préparation du mariage, ces moments-là sont sacrés, car la journée en elle-même passe terriblement vite. C'est pour cela que j'aimerais bien me marier de nouveau : j'ai l'impression de ne pas avoir assez profité de mon mariage. Nous n'avons par exemple pas vu le cocktail passer avec Badri : nous n'avons pas eu le temps de boire un verre ou de manger un seul sushi car nous prenions les photos… C'est pour ça que cet interlude avec la vidéo a été sacré, car ça nous a permis de nous poser et de vivre le moment, et le mariage, à fond.

Mes 10 astuces pour rester zen

1. Prenez le temps le matin

Pour partir du bon pied et restez zen, ne vous levez pas un quart d'heure avant de partir au travail. Accordez-vous du temps pour vous réveiller en douceur et prendre un petit déjeuner ou du moins avaler un thé, un café ou un jus de fruits. L'idéal est même de prendre un grand verre d'eau à jeun, alors que vous êtes toujours sous la couette. Restez ensuite allongé trois minutes avant de vous précipitez sous la douche. Ce geste matinal évite le stockage des graisses.

2. Faites du sport

Le sport est un médicament naturel : il diminue la pression artérielle, augmente la résistance cardiaque, permet une bonne ventilation et protège de l'ostéoporose. D'autre part, en faisant du sport, votre cerveau fabrique des endorphines, une molécule du bien-être qui joue un rôle important dans la réduction du stress.

3. N'oubliez pas le yoga et le stretching

La pratique du yoga et/ou du stretching est indissociable d'une bonne hygiène de vie. Le yoga est une technique de relaxation qui permet d'augmenter sa résistance à la fatigue, son dynamisme et qui permet également de se muscler. Le stretching permet quant à lui une bonne relaxation musculaire et mentale. Si vous n'avez pas le temps d'aller à des cours, faites comme moi : achetez des DVD et faites-vous vos séances à la maison !

4. Prenez un animal de compagnie

Qu'il s'agisse d'un chien, d'un chat ou d'un poisson rouge, votre petit animal de compagnie vous permettra de réduire votre stress. Des études ont même prouvé que le fait d'avoir un animal de compagnie diminue de 50 % les dépenses de santé !

5. Offrez-vous un massage

De temps en temps, offrez-vous un massage qui vous permettra de réduire aussi bien les tensions musculaires, que les tensions nerveuses. Ses vertus sont reconnues depuis l'Antiquité, où il était un complément indispensable du bain. Qu'il s'agisse d'un massage des pieds, du dos, des jambes ou de la tête, les bienfaits sont les mêmes : relaxation physique et mentale.

6. Pensez bougies

Rien de plus efficace que les bougies et leur lumière douce pour vous aider à vous détendre. Lorsque je rentre du boulot le soir, j'allume quelques bougies dans mon salon. Atmosphère cosi et relaxante assurée !

7. Pensez feng shui pour votre lit

Selon l'art chinois feng shui, la position de votre lit dans votre chambre a un impact sur votre sommeil. Par exemple, de l'endroit où vous dormez, il faut que vous puissiez surveiller la porte. D'autre part, le lit doit être accessible des deux côtés et ne doit surtout pas être placé sous une fenêtre. Autre exemple, la tête de votre lit doit être appuyée contre un mur.

8. Choisissez vos couleurs

Les couleurs ont un impact sur votre humeur : utiliser leurs bienfaits ne coûte rien et peut vous changer la vie ! Pour la détente, préférez le bleu et le vert qui ont des vertus apaisantes, l'orange vous redonnera votre bonne humeur et le jaune favorisera votre concentration.

9. Ayez le réflexe huiles essentielles

Plutôt que de parfumer votre intérieur avec des désodorisants d'ambiance, utilisez des huiles essentielles, qui ont des vertus curatives, apaisantes, ou encore antibactériennes et agissent dans tous les domaines de la santé. J'utilise très souvent l'huile essentielle d'eucalyptus pour dégager mes bronches et mes narines lorsque je suis enrhumée, les huiles essentielles de citron et de mandarine qui ont des propriétés relaxantes et l'huile essentielle de pamplemousse, qui est un antiseptique aérien. Mettez-en quelques gouttes dans un brûle-parfum et profitez de ces senteurs naturelles.

10. Dormez

La nuit, le corps récupère en évacuant les tensions. Le sommeil est donc le plus grand allié de la zénitude. Ce qui m'arrange bien, car je suis une grande dormeuse ! Une heure avant d'aller vous coucher, faites-vous une tisane, avec une préférence pour la verveine, ça vous aidera à tomber dans les bras de Morphée.

Automne

Rien n'est jamais acquis à l'homme ni sa force,
ni sa faiblesse, ni son cœur.

LOUIS ARAGON

Ma playlist de l'automne

Les plages de sable fin sont loin, l'hiver approche, le rhume couve, et les prochaines vacances n'arriveront pas de sitôt. Voici de quoi rester zen…

PLAYGROUND LOVE d'Air, SILK ROAD de Tan Dun et KOJO NO TSUKI de Toshiko Megumi, trois titres qui appellent à la détente, une musique épurée et aérienne qui me fait toujours retrouver ma zénitude.

LATELY de George Benson. Ce titre porte en lui l'essence du jazz. Je l'écoute en boucle.

LAZY AFTERNOON de Régina Belle. Ma berceuse à moi.

NEVER THE SAME de Supreme beings of leisure et DON'T KNOW WHY de Norah Jones, deux chansons idéales pour l'habillage sonore d'un dîner en amoureux.

LET'S GET ON, Marvin Gaye. Ce titre a l'incroyable vertu de calmer mes nerfs en voiture !

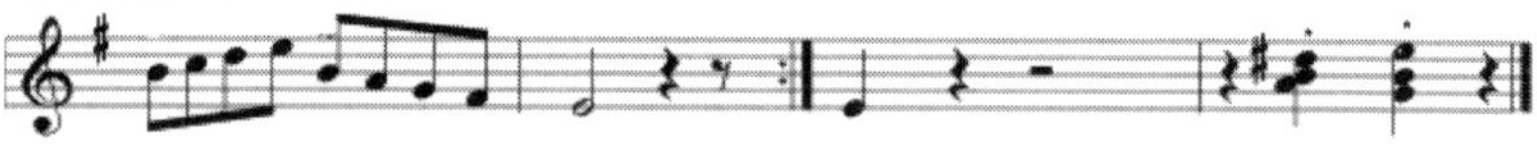

BLACK NIGHT de Charles Brown. Ma chanson préférée de ce king du rhythm'n'blues américain.

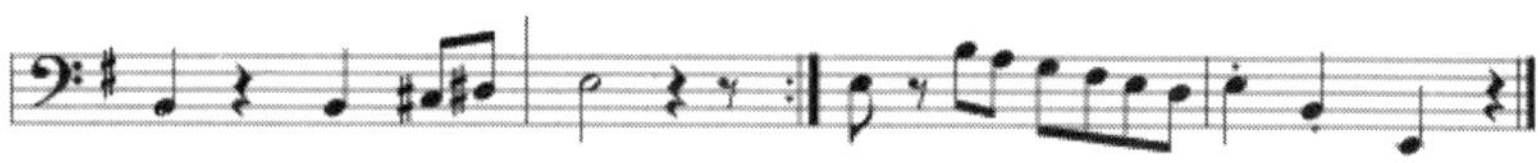

CAN'T GET ENOUGH OF YOUR LOVE BABY de Barry White. Une chanson témoin du plus long baiser avec Badri.

SOME LESSONS de Melody Gardot. Une voix à tomber par terre.

Sylvie Flepp et moi

Retouche lors d'une séance photo avec Karine Ave

Michel Cordes, moi et Laurent Kerusore

Marraine de la navette *Edmond Dantes* sur le Vieux Port

Post-production de *Plus belle la vie*

Photos de tournage

Mes rentrées des classes…

Mon père voulait que j'aille à l'école. Bon, j'y vais.
Je vois un panneau « Ralentir, école ».
Ils ne croyaient tout de même pas
qu'on allait y aller en courant !

COLUCHE

Quels souvenirs gardes-tu de tes rentrées des classes ?

J'ai des souvenirs très stressants de cette période de l'année. Mon père étant militaire, nous déménagions fréquemment, la famille le suivant au gré de ses mutations. Je faisais donc très souvent ma rentrée dans de nouvelles écoles. J'angoissais alors énormément, c'était une horrible période pour moi : j'avais peur de ne pas me faire d'amis et de me retrouver toute seule pour le reste de l'année. Et si je restais dans le même établissement, je menais immanquablement ma petite enquête afin de savoir s'il y avait des personnes que je connaissais dans ma nouvelle classe. Le passage du collège au lycée fut également une désagréable expérience. Nouveaux profs, nouveaux élèves, nouveaux locaux, je perdais tous mes repères. Et finalement, je me suis retrouvée seule, dans une classe où les filles se connaissaient déjà entre elles et n'avaient rien à faire de la petite nouvelle... J'étais un peu la mal-aimée !

L'école ne semble avoir été pour toi qu'une succession de mauvais souvenirs...

Ça a commencé à l'école primaire. Je n'ai jamais connu d'expérience plus traumatisante, une expérience qui a d'ailleurs participé au fait que je n'ai jamais été une fan de l'école. En CP, j'ai eu la malchance de tomber sur la classe du directeur, dont les méthodes pédagogiques seraient aujourd'hui dénoncées : il nous donnait des gifles lorsque nous parlions ou lorsque nous faisions quelque chose qui ne lui convenait pas. Il nous tapait aussi sur les doigts avec sa règle et, pour couronner le tout, il nous donnait également des fessées cul nu : il nous baissait la culotte devant toute la classe et nous donnait la fessée sur le bureau. Il prenait un malin plaisir à nous ridiculiser et à nous humilier.

Mais c'est effroyable ! Les parents d'élèves n'ont-ils rien fait pour l'arrêter ?

Je ne m'en souviens plus... ce que je ne risque par contre pas d'oublier est le fait que mes parents étaient souvent convoqués car je ne travaillais pas bien. Ses méthodes violentes ne devaient pas m'en donner envie !

Y a-t-il des professeurs qui t'ont marquée au collège ou au lycée ?

Je me souviens très bien du professeur d'italien que j'avais au collège. Elle était très douce, très ouverte, très pédagogue, elle avait même organisé plusieurs voyages de classe en Italie. C'était le genre de prof qui te donnait envie de parler italien. Bref, elle était fantastique. D'autres professeurs m'ont marquée, mais pour les mauvaises raisons, généralement pour leur manque de pédagogie ou tout simplement pour le manque d'intérêt qu'ils manifestaient à l'égard de leur métier et donc de leurs élèves. C'était le cas de mon professeur d'anglais au collège, qui était stricte et froide. Elle mettait son magnétophone pendant toute la durée de la classe et ne recherchait pas du tout l'interactivité, elle se faisait son cours à elle-même et ne s'adressait jamais à nous. J'en garde un très mauvais souvenir. Je pense que c'est à cause de ce genre de professeurs que je ne suis pas bonne en anglais. Avoir des enseignants stricts, sévères et exigeants, soit, mais si ces professeurs ne font en plus que débiter leur cours, sans se soucier de savoir si leurs élèves comprennent ou non, quel intérêt ? Dans un autre style, il y avait aussi mon professeur de philosophie. Elle venait toujours enseigner aux ados que nous étions avec des tenues provocantes, du genre pantalon jaune fluorescent moulant et décolleté plongeant. Une véritable insulte à Platon !

Y avait-il des matières qui te plaisaient plus que d'autres ?

J'avais pris l'option STT, sciences et technologies tertiaires, et les cours de commerce me passionnaient. J'ai toujours été moyenne à l'école, mes résultats gravitaient autour de 10, 12 et il n'y avait que deux matières où j'excellais : l'italien et le sport.

Comment t'est venu ton goût pour la lecture ?

Cela m'est venu très tardivement, c'était au lycée. Je le dois à un professeur de français qui a eu la bonne idée de nous intéresser à la littérature grâce à une astuce très simple : il nous offrait le choix. Au lieu de nous imposer *Le Rouge et le Noir*, il nous donnait une liste de livres à lire dans laquelle on devait choisir cinq œuvres pour la durée de l'année scolaire. Mes premiers émois de lectrice datent de cette époque et c'est à Jean Giono que je les dois ! Ce cours-là était d'ailleurs le seul où je me précipitais pour être assise devant. Malgré tout le respect que j'avais pour cet enseignant, je dois t'avouer que je faisais quelque chose de très peu recommandable lors de ses cours de littérature : je copiais… Honte à moi, je sais, mais il ne semblait se rendre compte de rien, je ne voyais donc pas pourquoi je m'en serais privée ! Mais, bien évidemment, si mes enfants s'amusent à faire la même chose, la punition sera sévère !

Lors de tes années passées au conservatoire tu as dû aussi avoir affaire à des professeurs sévères…

Mes années au conservatoire de Tours ont été marquées par l'enseignement d'un certain Rémi. Chose commune chez les professeurs de danse de conservatoire, il avait la traditionnelle baguette qui rebondissait, un peu trop souvent d'ailleurs, sur nos fesses, pour qu'on les « serre », et sur notre ventre, afin qu'on le « rentre ». À cela s'ajoutait son horrible habitude d'avoir une tête de Turc, qui changeait chaque année, ce qui garantissait pour la fameuse tête de Turc, neuf mois de torture mentale. Et bien sûr, ce fut mon tour. Il ne s'agissait pas seulement d'engueulades en règle, il semblait prendre un malin plaisir à me mettre plus bas que terre et à me ridiculiser. Il me demandait par exemple de me mettre au milieu de la scène et de refaire l'exercice que l'on venait de terminer. Et pendant toute ma prestation, il s'en donnait à cœur joie et s'égosillait : « Non ! Ça ne va pas du tout ! C'est nul ce que tu fais ! » Chaque soir, je rentrais évidemment à la maison en pleurant. Mon père est alors allé le voir en lui disant qu'il ne comprenait pas pourquoi sa fille rentrait en pleurs tous les soirs de ses cours de danse. Ce à quoi Rémi lui a répondu : « Votre fille je l'aime bien, mais il faut être dur, cela fait partie de l'apprentissage. Ne vous inquiétez pas, je n'ai rien contre elle. » Le jour suivant, il s'est mis à m'adorer et c'est une certaine Mylène, qui est devenue son bouc émissaire... Avec le recul, je me dis qu'il voulait sûrement former notre caractère et nous donner les armes nécessaires pour avancer dans ce milieu. Il se disait que si ses danseuses ne résistaient pas à ses attaques et finissaient par se décourager, elles ne tiendraient pas le coup à l'opéra.

As-tu des souvenirs de tes concours passés au conservatoire ? Ils sont réputés pour être excessivement difficiles...

Les concours d'entrée au conservatoire ou de passage en niveau supérieur, étaient en effet très difficiles, autant techniquement que psychologiquement parlant. Pendant les cinq derniers mois de l'année, on travaillait intensément trois chorégraphies : deux sur pointes et une sur demi-pointes, que nous devions bien entendu apprendre par cœur. La pression était insupportable. Il suffisait que tu commettes une seule faute, même minime, et c'était l'élimination. J'étais donc toujours extrêmement stressée, j'y allais avec la boule au ventre, et parfois paralysée par une angoisse incontrôlable. Je me souviens ainsi d'un examen où mon père m'a accompagnée, car ma mère travaillait et ne pouvait pas se libérer. Ce jour-là, le stress m'a rendue malade, au sens propre du terme, je n'arrêtais pas de vomir… Être toute seule sur cette scène avec le jury qui te regarde comme s'ils allaient te condamner, ce n'était pas une expérience des plus marrantes.

Pour vous réconcilier avec la lecture

Roméo et Juliette de Shakespeare est la première pièce que j'ai lue et que j'ai vue. Une œuvre hors du commun qui vous réconciliera avec la littérature classique…

Voici mes morceaux choisis de cette célèbre histoire d'amour entre un Montaigu et une Capulet :

L'amour est une fumée de soupirs ; dégagé, c'est une flamme qui étincelle aux yeux des amants, comprimé, c'est une mer qu'alimentent leurs larmes. Qu'est-ce encore ? La folie la plus raisonnable, une suffocante amertume, une vivifiante douceur !

Roméo, acte I, scène 1

Mon unique amour émane de mon unique haine ! Inconnu vu trop tôt et reconnu trop tard.

Ô prodigieuse naissance de l'amour qu'il me faille aimer mon ennemi exécré !

Juliette, acte I, scène 5

Comment es-tu venu ici dis-moi ? et dans quel but ? Les murs du jardin sont hauts et difficiles à gravir. Considère qui tu es : ce lieu est ta mort si quelqu'un de mes parents te trouve ici.

– J'ai escaladé ces murs sur les ailes légères de l'amour : car les limites de pierre ne sauraient arrêter l'amour, et ce que l'amour peut faire, l'amour ose le tenter ; voilà pourquoi tes parents ne sont pas un obstacle pour moi.

Juliette et Roméo, acte II, scène 2

Ces joies violentes ont des fins violentes, et meurent dans leur triomphe : flamme et poudre, elles se consument en un baiser. Le plus doux miel devient écœurant par sa suavité même, et détruit l'appétit par le goût : aime donc modérément : modéré est l'amour durable : la précipitation n'atteint pas le but plus tôt que la lenteur.

Frère Laurent, acte II, scène 6

La pensée, plus riche en substance qu'en paroles, est fière de son essence, et non des ornements : indigents sont ceux qui peuvent compter leurs richesses ; mais mon sincère amour est parvenu à un tel excès que je ne saurais évaluer la moitié de mes trésors.

Juliette, acte II, scène 6

Je dois partir et vivre ou rester et mourir.

Roméo, acte III, scène 5

Il me faudra de tes nouvelles à chaque heure du jour, car il y a tant de jours dans une minute !

Juliette, acte III, scène 5

Ces bouquins venus du froid

C'est en lisant *Millénium*, la trilogie de l'écrivain Stieg Larsson, que j'ai commencé à m'intéresser aux auteurs suédois de romans policiers. En me baladant à la Fnac, je suis tout d'abord tombée sur une certaine Camilla Läckberg. Son éditeur étant le même que Stieg Larsson, j'avais été attirée par la fameuse couverture noire. C'est comme ça que j'ai commencé à dévorer ces romans venus du froid…

Voici les trois romanciers qui, à mon sens, asticotent aussi bien le suspense que le grand Stieg Larsson :

Henning Mankell

Si je commence ma petite liste avec Henning Mankell, c'est qu'il est un des premiers à avoir été traduit, faisant des romans policiers suédois le nouveau genre à la mode. Kurt Wallander, son célèbre inspecteur, apparaît pour la première fois dans *Meurtriers sans visage*, un roman publié au début des années 1990. Les aventures de l'inspecteur Wallander se déroulent dans la petite ville d'Ystad, dans le sud de la Suède.

Dans les rayons de nos librairies : *Les Chiens de Riga*, *Avant le gel*, *Les Morts de la Saint-Jean*…

Camilla Läckberg

Camilla Läckberg est une écrivaine qui à tout juste 35 ans en est déjà à son septième roman (waouh !). Tous ne sont malheureusement pas traduits en français et je ne sais évidemment pas lire la langue des Vikings, donc j'attends patiemment qu'ils arrivent dans l'hexagone ! L'héroïne des romans de Läckberg est Erica Falck, une écrivaine qui vit dans la petite ville de Fjällbacka, un port de pêche situé sur la côte ouest suédoise.

Dans les rayons de nos librairies : *La Princesse des glaces*, *Le Prédicateur* et *Le Tailleur de pierre*.

Liza Marklund

Liza Marklund est une journaliste qui est devenue célèbre en 2000 avec la publication de son premier roman, *Studio Sex*. C'est dans cet opus qu'apparaît le personnage d'Annika Bengtzon, une jeune journaliste vivant à Stockholm.

Dans les rayons de nos librairies : *Meurtre au château d'été*, *La Fondation Paradis*, *Deadline*…

J'suis nature…

C'est moi, le maître du feu,
Le maître du jeu, le maître du monde
Et vois ce que j'en ai fait,
Une Terre glacée, une Terre brûlée
La Terre des hommes que les hommes abandonnent.

ZAZIE, EXTRAIT DE LA CHANSON *JE SUIS UN HOMME*

Es-tu une amoureuse de la nature ?

Je suis née à Limoges et il y a beaucoup d'endroits dans cette ville où la nature règne en maître. J'ai passé une grande partie de mon enfance dans les forêts de Touraine et j'ai gardé ce goût pour les balades dans la nature. Lorsque nous avons décidé de construire notre maison, ce ne pouvait qu'être à la campagne. Finalement, notre nid d'amour n'est pas très loin de la Sainte-Victoire, la célèbre montagne provençale que peignait Cézanne. Elle est bordée de vignes et fait face au Mont Aurélien. Tout un poème…

Que t'apporte le contact avec la nature ?

La nature m'apporte la sérénité. M'y balader me permet de me vider l'esprit, de me reposer, mais aussi de me « réénergiser ». C'est une fantastique thérapie. J'ai par exemple gravi quatre fois la Sainte-Victoire ; peut-être étais-je portée par la symbolique de cette longue marche jusqu'au sommet, mais à chaque fois que je suis arrivée en haut, je me suis sentie animée d'une force nouvelle !

Tu dois donc être une farouche « défenseuse » de la nature…

Que les changements climatiques soient dus à l'évolution naturelle de la planète ou à la pollution, cela ne nous empêche en aucun cas de respecter et de prendre soin de notre Terre. Il n'y a pas très longtemps, j'ai vu *Home*, le documentaire de Yann Arthus Bertrand. Le film montrait des images choquantes de certains pays complètement détruits par la pollution, et insistait sur les gestes écolos que nous devrions tous faire. Je suis tout à fait d'accord, tout individu doit se sentir investi de la mission de protéger sa planète. Mais, chose qui n'est pas assez dite, car peut-être dérangeante, malgré les efforts que l'on pourra faire individuellement, le sort de la Terre ne s'améliorera pas tant que les gouvernements n'imposeront pas aux plus grands pollueurs des normes strictes à respecter. Car, pendant que toi tu roules à 100 km/h au lieu des 130 km/h autorisés, que tu tries tes déchets, que tu ne gaspilles pas l'eau et que tu économises l'électricité, les usines, elles, continuent de polluer, les industriels continuent de construire des mégalopoles et de lancer des voitures aussi puissantes que polluantes sur le marché. Tu ne trouves pas cela révoltant ? Moi, ça me met dans une rage folle…

Tu dois alors voir souvent rouge, car nombreux sont les citoyens de ce monde qui ne respectent pas leur Terre…

Cela m'est effectivement totalement insupportable ! Par exemple, lorsque je roule sur l'autoroute et que je vois le conducteur de la voiture qui me précède jeter des choses par la fenêtre, j'ai du mal à me contrôler… Mais que veux-tu que je fasse ? Que je joue à la furie en faisant des doigts d'honneur ? Ou que j'entame une course-poursuite avec ce délinquant écologique ? Ça n'arrangera pas le problème. L'été dernier, je faisais du snorkeling près de la Couronne, une plage qui se trouve à côté de Carry-le-Rouet. Ce que j'ai vu, ce ne sont pas des fonds marins à couper le souffle, mais un amoncellement de déchets en tout genre, des bouteilles, des cannettes, des sacs en plastique… Je me demande comment ce genre de comportement peut encore exister aujourd'hui. À ce stade, ce n'est plus du je-m'en-foutisme ou de l'inconscience, c'est de la délinquance. Il faut sensibiliser la jeune génération aux graves problèmes de réchauffement et tout simplement de respect de la nature, en montrant des documentaires en classe et en rendant les gestes écolos naturels et automatiques.

Votre nouvelle maison sera-t-elle écolo ?

On a fait tout ce qu'on a pu avec le budget que l'on avait, car faire de ta maison un lieu écolo, ça coûte cher ! Nous avons donc tout d'abord installé un système photovoltaïque qui permet, grâce à l'énergie solaire, d'être chauffé l'hiver et rafraîchi l'été ; puis, nous allons avoir un récupérateur d'eau, c'est-à-dire une sorte de citerne qui récupère les eaux de pluie, que tu peux alors utiliser pour l'arrosage et le nettoyage.

Amoureuse de la nature, citoyenne écolo… tu dois également être une grande fan des animaux…

Les animaux ont toujours été présents dans ma vie. Et il m'a été donné de constater que les relations que les hommes entretiennent avec les animaux sont révélatrices : un être humain qui maltraite, bat ou brutalise un animal est quelqu'un qui est capable de faire du mal à un autre être humain. C'est pour cela que j'ai par exemple énormément de mal avec la corrida. Il y a beaucoup de personnes autour de moi qui apprécient la tauromachie et qui essaient de m'expliquer pourquoi, mais j'y reste hermétique. Je respecte cette tradition, mais c'est un jeu faussé car l'homme surpassera forcément la bête et c'est pour moi douloureux de voir un animal souffrir. Ses défenseurs disent que c'est un spectacle, que c'est beau, qu'il y a tout un rituel. Je dis oui au rituel et à la tradition, mais sans brutaliser un animal, et sans cruauté gratuite. Il suffit d'écouter *La Corrida*, la sublime chanson de Francis Cabrel, afin d'imaginer la souffrance que doit traverser le taureau…

Comptes-tu avoir quelques animaux dans ta nouvelle maison ?

Si je m'écoutais, j'aurais une chèvre, des canards, des oies… Mais Badri m'a demandé de calmer mes ardeurs, ce que je peux comprendre, car il n'a pas envie d'habiter dans une ferme ! Mon rêve serait d'avoir un cheval, mais avec deux mille mètres carrés de terrain, ce n'est pas possible.

Je ne prends pas un animal pour le rendre malheureux. J'en aurai un le jour où je pourrai m'acheter un terrain qui s'étendra au moins sur cinq mille mètres carrés. Une autre possibilité serait d'en acheter un pour le mettre dans un box, mais à ce moment-là, il faut avoir le temps d'aller le voir tous les jours, et aujourd'hui, je ne l'ai pas. Le raisonnement est le même pour un chien, car Badri et moi partons très souvent en déplacement. On ne va pas avoir un chien pour le laisser tout le temps au chenil… J'aimerais bien en revanche prendre un deuxième chat, mais mon homme est un peu contre. Il aime les animaux, mais s'il n'en avait pas, ça ne lui ferait rien…

Comment s'appelle ton chat ?

Satin. J'en suis folle ! J'ai même un album qui lui est consacré… Oui, je sais, c'est peut-être un peu exagéré… Badri me l'a offert pour le premier de mes anniversaires que nous célébrions ensemble. Il m'avait donc prévu une journée « anniversaire » et, l'après-midi, il m'a emmenée chez une dame qui avait un panier rempli de chatons. J'ai choisi Satin… J'espère d'ailleurs qu'elle a réussi à donner les autres… Durant tout l'après-midi, j'ai donné le biberon à Satin, j'en ai pris soin… bref, je n'ai eu d'yeux que pour ce chaton de trois semaines qui tenait dans une main. Le soir, nous devions dîner en amoureux à Carry-le-Rouet, dans un restaurant de poisson, mais je n'ai pas voulu laisser Satin à la maison. Je l'ai donc emporté avec nous, dans une serviette. Mais au bout de trois quarts d'heure, je ne tenais plus en place ! Nous sommes donc rentrés à la maison pour que je puisse profiter du chaton !

100 % na-tu-rel

Mes solutions 100 % naturelles pour prendre soin de vous !

Yeux fatigués

Posez sur vos paupières des rondelles de concombre ou des sachets d'infusion de camomille que vous aurez préalablement essorés. Reposez-vous 10 à 20 minutes dans une pièce calme. Effet antifatigue garanti !

Masque désincrustant pour le visage

Coupez un avocat en deux, enlevez le noyau et passez la pulpe sur votre visage pendant quelques minutes. Rincez. La peau retrouve immédiatement son éclat.

Masque coup d'éclat

Battez un blanc d'œuf en neige. Ajoutez une cuillère à café de vitamine C en poudre. Mélangez le tout. Appliquez le mélange sur votre visage et laissez reposer 5 à 10 minutes, selon le temps dont vous disposez. Rincez. Vous aurez l'impression de venir de vous accorder huit heures de sommeil !

Gommage douceur pour le visage

Ajoutez de la farine d'avoine à votre crème hydratante et massez votre visage pendant cinq minutes.

Rincez. Vous serez surprise par la douceur de votre peau !

Coup d'éclat pour pointes sèches

Massez vos pointes avec de l'huile d'olive et enveloppez-les pendant 5 minutes dans une serviette chaude. Procédez à votre shampooing. Ma manière à moi de déclarer la guerre aux cheveux cassants !

Masque nourrissant pour les cheveux

Appliquez de l'huile d'avocat sur vos cheveux, protégez d'une serviette et laissez agir toute la journée si vous pouvez. Parfait pour un dimanche pluvieux où l'on s'ennuie !

Solution antibouton

Appliquez de l'huile essentielle d'arbre à thé pure sur votre bouton, ça lui permettra de sécher.

Gommage tonifiant pour le corps

Préparez le mélange suivant : versez dans un bol 3 cuillerées à soupe de sel de mer fin, ajoutez-y 2 cuillerées à soupe de jus de citron et 1 cuillerée à soupe de vinaigre de cidre. Prenez une douche chaude, et à la fin de celle-ci, enduisez votre corps d'huile d'olive. Massez-vous ensuite avec le mélange préalablement préparé pendant cinq minutes. Rincez abondamment. Vous avez récupéré votre peau de bébé !

Le culte du corps ?

Personne n'est jeune après quarante ans,
mais on peut être irrésistible à tout âge.

COCO CHANEL

Que fais-tu pour t'entretenir ?

J'essaie de faire de l'exercice tous les deux jours pendant une heure, une heure et demie. Afin de rendre l'exercice agréable et de ne pas me lasser d'un sport en particulier, j'essaie de faire plusieurs choses dans la semaine. L'été, je nage dans la mer et l'hiver, je vais à la piscine municipale une fois par semaine, très tôt le matin. J'y reste une heure et demie et je fais des palmes, des abdos, je travaille un peu les bras, beaucoup les fesses et les jambes. Je cours et je fais aussi du vélo. J'ai un vélo d'appartement, mais dès que le temps s'y prête, je vais pédaler à l'extérieur. Je trouve cela formidable, car tu profites des paysages magnifiques, et tu n'as pas l'impression de faire du sport. Je suis également un cours de gym à la télé, sur Direct 8, pendant une heure, et je le fais minimum une fois par semaine. J'ai également des DVD avec des leçons de gym et je trouve cette solution très ludique : c'est sympa d'avoir Cindy Crawford dans ton salon qui te dit comment muscler tes fesses ! J'aime aussi me faire des séances de Wii Fit Plus. La dernière fois que j'y ai joué avec mon chéri, le lendemain, j'ai eu des courbatures ! Avec Badri, nous sommes fans de jeux vidéo. On fait des matches de foot, de basket, de la course automobile, on joue au bowling… Je perds d'ailleurs souvent au foot et au basket et Badri adore me narguer… Je prends alors ma revanche dans les courses de F1 et lorsqu'il m'arrive de gagner, il comprend sa douleur !

Tu viens de faire culpabiliser toutes les représentantes du sexe dit faible !

J'étais en section sport-études, le sport est donc vite devenu un mode de vie et un besoin.

Contrôles-tu ton poids ?

Mon poids ne varie guère. Je me pèse seulement quand je vais chez le docteur. J'ai une balance à la maison, mais elle ne marche pas. Ça doit faire d'ailleurs une bonne année que je ne me suis pas pesée… C'est peut-être parce que lorsque je vois mon poids sur une balance, ça me déprime ! Je connais beaucoup de filles, qui ont plus ou moins la même taille que moi, et qui ne pèsent que 50 kg. Mais crois-moi, 50 kg, ce n'est pas mon cas ! Je me console alors me disant que c'est parce que j'ai beaucoup de muscle… Vive la pensée positive ! Ce n'est pas une chose aisée pour moi, car je suis très gourmande, j'aime la bonne chère.

J'ai du mal à tenir un régime : je n'ai pas suffisamment de volonté ! C'est d'ailleurs la situation dans laquelle je me trouve actuellement : je traîne encore les kilos pris pendant les repas de famille estivaux. Je sais que je dois me mettre au régime et je suis complètement démoralisée, car je n'aime pas manger moins ; manger, c'est mon activité préférée, C'est une passion ! Faire un régime est donc une grande épreuve ! Ma version du régime, c'est donc de me rassasier avec des aliments « light ». Par exemple, quand la faim se fait sentir, je mange des haricots verts ou un fruit, et quand on est en hiver, je me mets à la soupe le soir. Mais il faut tout de même que je mange, car je n'arrive pas à lutter contre la faim persistante. Mon gros avantage, c'est que j'adore le poisson, et je l'apprécie même plus que la viande… Tu abordes là un sujet qui est assez difficile pour moi, c'est mon talon d'Achille.

On ne va pas te plaindre, tu as un corps magnifique !

Mais je m'entretiens ! On me dit de plus en plus, surtout ma mère, mon beau-père, et mes frères, « qu'est-ce que tu bouffes ! » Et c'est vrai que j'ai un bon coup de fourchette… Badri me dit toujours que si je mange autant, c'est parce que je me dépense. Finalement, le sport, c'est ce qui me sauve !

Quelle est ta réaction lorsque tu te vois en photo ou à la télé ?

Comme toutes les femmes qui se regardent en photo, je critique immanquablement mon physique, et plus spécifiquement mon nez et mes courbes, que je trouve parfois trop généreuses. Le test le plus douloureux est tout de même la télévision, où les défauts semblent masquer les qualités…

As-tu déjà passé le cap de la chirurgie esthétique ?

Non, car je pars du principe qu'il faut s'accepter comme on est. D'autre part, ça me fait peur et je suis terriblement douillette. Puis on ne sait jamais comment une opération peut tourner, et se mettre en danger pour une raison purement esthétique, c'est peut-être prendre des risques pour rien. Donc, quand je prends du poids, je fais mon fameux « régime » et du sport, mais je n'irai jamais me faire refaire quoi que ce soit. À moi de me bouger pour que tout reste à sa place ! Je comprends par contre les personnes qui ont recours à la chirurgie esthétique après un accouchement, dans le cas où, par exemple, tu n'arrives pas à perdre ton ventre ou que tes seins tombent. Ou encore la femme qui n'a pas du tout de poitrine et se fait opérer pour en avoir un peu. Par contre, je ne comprendrais pas celle qui a un 90 C mais souhaite tout de même subir une augmentation mammaire.

Que penses-tu des stars accros au bistouri ?

Beaucoup de personnes ne comprennent pas l'attitude de ces stars qui se font tout refaire. Mais, moi, je les comprends. En tant que personnalité publique, tu es exposée, tu passes à la télé, tu fais la une des magazines, et ton image devient une obsession. Chaque détail a son importance…

Mes secrets de beauté

Ma peau

Mon premier geste le matin, c'est de me laver le visage à l'eau fraîche ou avec un brumisateur d'eau. Quand je tourne, la première chose que je fais en rentrant le soir à la maison, c'est de me démaquiller. Puis, je me rince le visage et me mets une crème hydratante. À la fin d'une semaine rude, je fais également un masque, afin de purifier ma peau.

Mes yeux

J'ai une crème pour les yeux que je conserve dans mon frigo, afin de décupler son effet décongestionnant, et que je mets de temps en temps, quand j'y pense. J'ai également un masque en plastique, qui ne doit pas coûter plus de cinq euros, un anticerne très efficace et peu onéreux : je le conserve dans mon frigo et je le mets sur mes yeux pendant une dizaine de minutes lorsque mes cernes sont très prononcés, effet bonne mine assuré !

Maquillage

Quand je ne tourne pas, je me maquille très peu, afin de laisser ma peau respirer au maximum, car le maquillage pour les tournages et les séances photos est assez intense. L'été, je ne mets que du mascara, car je suis bronzée. Cependant, l'hiver, j'utilise de la poudre unifiante, du fard à joues, du crayon khôl et du mascara. Je ne mets de l'ombre à paupières que pour sortir en soirée.

Mes cheveux

Ils souffrent beaucoup avec le fer à friser tous les jours sur le tournage de *Plus belle la vie*, donc j'en prends grand soin, en faisant une fois par semaine un masque sur les pointes.

Mon corps

Je m'hydrate le corps tous les soirs après la douche, et si je ne me lève pas à 5 heures, je réitère la chose le matin ! J'essaie de m'hydrater un maximum, car c'est important pour combattre nos chers ennemis : la cellulite et les vergetures. J'essaie également de boire beaucoup d'eau dans la journée, pour les mêmes raisons. Mais ce n'est pas gagné, car je n'aime pas boire… J'ajoute donc du citron à mon eau, et, de temps en temps, je fais des cures détoxifiantes avec des produits à base de thé vert à diluer dans l'eau. L'été, je fais régulièrement des gommages afin que la peau se régénère et respire sous le bronzage.

Je suis aussi une très grande consommatrice des crèmes anticellulite, raffermissantes, drainantes, anti-vergetures… Bref, chaque partie de mon corps a sa crème, même si je trouve que ça n'a aucun effet sur moi ! Ça hydrate, c'est tout, mais c'est déjà pas mal ! J'ai bientôt la trentaine, donc il faut que je prenne soin de moi…

Mes dents

Je me lave les dents trois fois par jour, où que je sois ! Je fais très attention à ma dentition, c'est même un peu mon obsession, je dois l'avouer… Je vais chez le dentiste deux fois par an. Je n'ai pas envie de perdre mes dents à 50 ans !

Mes extrémités

Sujet sensible ! Je ne ferais jamais de pubs mettant en valeur mes pieds ou mes mains, car je trouve que je n'ai pas été gâtée de ce côté-là ! Surtout mes mains, je trouve qu'elles ne sont pas belles, mes doigts ressemblent à de petits boudins (oui, j'ose le dire !) et je n'arrive pas à garder de beaux ongles. Je les entretiens énormément, mais, comme toute grande stressée, je gratte mes peaux. Je fais donc très souvent une manucure, car il faut bien faire quelque chose… J'aime beaucoup la french manucure naturelle avec du vernis beige. Pour les ongles des pieds, je suis fan des couleurs flashy, surtout l'été.

Et même les oreilles !

Je ne me nettoie pas les oreilles avec les Coton-Tige, mais avec un spray que donnent les ORL. Mon problème c'est que je dors avec des boules Quies, ce qui est très mauvais quand tu le fais, comme moi, au quotidien. Je suis une stressée du bruit et je ne supporte pas un bruit quand je dors. Et comme pour le moment, je vis dans un appartement qui est très bruyant, je suis abonnée aux boules Quies !

Mes indispensables

Ma crème hydratante et mon baume pour les lèvres. Impossible de faire sans.

Mon remède anti-mauvaise mine

Ne pas fumer ! Et sinon, ce sera le sommeil. Je suis moi-même une grande dormeuse et j'ai besoin en semaine d'au moins huit heures, et de dix heures, dès que je peux. Et si je n'ai pas mon quota d'heures, je suis insupportable ! Quand je dois me lever à 5 heures et que je sais qu'il me sera impossible de me coucher à 21 heures, je m'organise pour dormir davantage quelques jours plus tôt, afin d'être psychologiquement préparée ! Lorsque je sors en semaine, je ne rentre jamais tard. Mes amis me le reprochent d'ailleurs souvent, en me disant que je suis casse-pieds, que je ne veux jamais rien faire. Je suis un petit peu psychorigide par rapport à ça, je le sais et je l'assume.

Mon centre de beauté : Alizé Concept

Dans le sud, ma mère avait son centre de beauté attitré. Lorsque j'étais ado, elle a commencé à m'y emmener avec elle. Quand j'étais étudiante, Marie, la patronne, me faisait de super tarifs ou m'offrait même des séances. Cela fait aujourd'hui quinze ans qu'elle me fait les ongles ! Alizé Concept est mon centre de beauté, je ne suis jamais allée ailleurs. Manucure, soins du visage, du corps, massages, Cellu M6, épilation, c'est là-bas que je fais tout ! Quand j'habitais à Paris, dès que je venais chez maman, je passais au centre de beauté. Je suis désormais la marraine d'Alizé Concept, qui se trouve à Aix-en-Provence, sur le cours Mirabeau. Marie est d'ailleurs devenue une très bonne amie et est même venue à mon mariage. C'est agréable d'avoir autour de soi des gens qui étaient déjà là pour moi lorsque je n'étais pas encore connue.

La solution anticellulite miracle !

Le Cellu M6 est une thérapie anticellulite onéreuse, mais qui marche vraiment ! J'ai perdu trois centimètres de tour de taille ; je fais aussi traiter mes cernes et le résultat est fantastique. Mais si tu ne fais pas un minimum attention à ce que tu manges ou si tu ne fais pas du tout de sport à côté, ça réduit évidemment les effets. L'idéal c'est de prendre huit séances (c'est déjà un gros budget), à raison de deux par semaine. Quand tu as fini ta cure, tu fais une séance d'entretien par mois. Le PDG de Cellu M6 m'a d'ailleurs expliqué que les Américaines étaient folles de cette technique : elles se font des séances intensives avant des séances photos ou des tournages, afin d'avoir une silhouette sans défaut.

Maquillage : conseils de pro

Le coup de pinceau de Karine Avezard est unique. J'ai rencontré cette formidable « make-up artist » sur *Plus belle la vie* et il n'a pas fallu longtemps pour qu'elle devienne ma faiseuse de miracles attitrée, me maquillant pour toutes mes couvertures de magazine et mes publicités.

Voici les précieux conseils d'une pro :

Le teint

Pour Laëtitia : Laëtitia aime bien que son teint soit bien soutenu, bronzé. Je commence par hydrater sa peau, afin que le maquillage se fonde bien. Ensuite, j'applique un fond de teint fluide, auquel je rajoute quelques fois du blush en crème afin de donner un effet hâlé plus naturel. J'applique ensuite de l'anticerne sous les yeux, sous les ailes du nez et sous la lèvre inférieure. Cela permet d'atténuer les zones d'ombre du visage et donne un effet bonne mine immédiat. Je poudre ensuite le tout avec une poudre libre légèrement hâlée, qui matifiera le teint. Je pose enfin du blush sur les pommettes.

Astuces : maquillez-vous toujours dans une pièce qui est suffisamment éclairée, afin d'éviter d'avoir

de mauvaises surprises et de vous retrouver avec un fond de teint mal étalé ou des joues aussi roses que des poupées russes ! En guise de blush, vous pouvez tout simplement utiliser quelques touches de rouge à lèvres que vous étalez sur vos pommettes. Pour creuser vos joues, appliquez sous les pommettes un fond de teint plus foncé que celui que vous appliquez sur la totalité du visage, ça atténue le côté rond du visage.

Les yeux

Pour Laëtitia : elle aime bien avoir les yeux en forme de chat, c'est-à-dire très étirés. Je crée cet effet de plusieurs manières : j'utilise un crayon khôl marron à l'intérieur de l'œil, jamais de noir, car je trouve que ça éteint son égard. J'adapte la couleur du fard à paupières à ses tenues, et je travaille ce fard de manière à ce qu'il se fonde le plus naturellement possible sur la paupière, en l'étirant vers l'extérieur et en insistant au niveau du coin externe de l'œil, j'applique ensuite ce même fard sous l'œil, à la racine des cils. Puis je termine avec le Ricil que j'applique en étirant les cils vers l'extérieur et non vers le haut. Regard de félin garanti !

Astuces : assortissez le fard à paupières aux couleurs de votre tenue, vos yeux seront d'autant plus remarquables ! Si vos yeux sont petits et que vous cherchez

à les agrandir, bannissez le crayon khôl à l'intérieur de l'œil, utilisez-le seulement à l'extérieur, à la racine des cils inférieurs. Si vous êtes pressée et que vous n'avez que deux minutes pour vous maquiller, optez pour le Ricil, qui habille immédiatement le regard.

Les lèvres

Pour Laëtitia : tout simplement un gloss naturel ou légèrement rosé. Laëtitia n'aime pas du tout le rouge à lèvres foncé, pas moyen de lui en faire porter !

Astuce : ne sortez jamais sans gloss ! C'est la petite touche qui habille votre bouche en donnant plus de volume à vos lèvres, et de la couleur, tout en restant très naturelle.

Mannequin, aussi...

La vraie beauté, c'est ce que l'on dégage. Si l'on dégage du soleil, du bonheur, si on s'aime un peu soi-même, le regard que les autres posent sur vous sera infiniment plus indulgent.

GISELE BÜNDCHEN

Quand a commencé ta carrière de mannequin ?

Je ne pense pas qu'on puisse parler de carrière de mannequin, je n'ai jamais voulu faire carrière dans le mannequinat. Adolescente, je le faisais car c'était bien payé, environ 100 euros la soirée, argent qui me permettait de m'acheter des habits. Et puis je suis loin d'avoir la plastique d'un mannequin...

On ne va pas te plaindre, quand même, madame Milot !

Non... J'ai commencé à faire des défilés dans la région d'Aix-Marseille et c'était ma mère qui m'y emmenait. Je me souviens, que pour une élection régionale, ma mère m'avait cousu elle-même une robe, car nous ne pouvions pas nous permettre d'en acheter une nouvelle. Ma mère n'est pas couturière, elle avait donc rafistolé le tissu de couleur dorée comme elle pouvait… Je te laisse imaginer la touche que la jeune Laëtitia avait dans cette chose un peu trop brillante… Quand je regarde la robe aujourd'hui, c'est assez catastrophique ! Ça fait partie des choses qui ne reviendront jamais à la mode ! En montant à Paris, j'ai continué ces petits à-côtés : j'étais inscrite dans des agences de pub en tant que comédienne afin de faire des pubs télé ou photo. C'était le moyen idéal pour avoir une somme d'argent conséquente en peu de temps. Ce qui me permettait effectivement de payer le loyer, la nourriture et mes cours de théâtre. C'est pour cela que j'ai continué à faire des photos, pour mettre du beurre dans les épinards.

Quand as-tu compris que ta beauté avait une valeur marchande ?

Je ne me suis jamais regardée dans la glace en me disant : « Waouh ! T'es trop belle ! » Je sais que je ne suis pas un laideron, mais je ne me suis jamais pour autant considérée comme une belle fille. Je me suis toujours trouvé beaucoup de défauts, que je m'ingénie à cacher. En fait, quand j'allais à des castings pub, j'étais mélangée aux mannequins, aux vraies de vraies, de véritables bombes atomiques et là, crois-moi, tu vis un grand moment de solitude et tu te demandes ce que tu fais là !

À quand remonte ta première pub télé ?

J'avais 22 ans, il s'agissait d'une pub pour une compagnie de téléphonie mobile et j'en ai également fait une contre la cigarette, qui s'appelait *Stop la clope*. Mais au moment de ces deux pubs-là, je n'étais pas encore dans *Plus belle la vie*.

Te souviens-tu de ton premier gros contrat ?

À mes débuts, même les petits contrats étaient pour moi très bien payés : j'ai toujours fait des photos pour des catalogues de marques de prêt-à-porter, que ce soit à Paris ou à Marseille, et en une journée, je me faisais l'équivalent de trois mois de salaire. Mais la première vraie pub que j'ai faite, c'est pour une très grande marque de lingerie, ainsi que pour leur calendrier. Je ne peux malheureusement pas te révéler le nom de la marque car j'ai signé un contrat de confidentialité… Le seul fait de savoir que j'allais au casting, je n'y croyais pas ! Cette pub a été pour moi un changement de catégorie ; passer dans une pub pour une marque aussi prestigieuse, je trouvais cela fantastique. J'avais l'impression d'évoluer dans ma petite carrière, de passer un cap. C'était une première victoire…

Ça n'embêtait pas Badri que tu fasses une pub pour de la lingerie ?

Pas du tout, il était au contraire très fier !

Et ça ne te dirait pas de consacrer ta carrière au mannequinat ?

Pas du tout ! Les photos, les pubs, ça m'amuse, mais ce n'est pas mon métier. Il n'y a pas assez d'enjeux dans une séance photo. En revanche, en jouant, tu prends des risques, et c'est là que ça devient intéressant. Aujourd'hui, j'ai la chance de pouvoir dire non à certains contrats publicitaires et de ne plus avoir à considérer uniquement l'aspect financier. Je n'accepte plus pour l'argent, mais parce que j'aime défendre des marques auxquelles je crois, comme Le Petit Olivier. Je me permets ainsi de refuser certains contrats, même s'ils sont excessivement bien rémunérés, car je ne veux pas représenter la marque ou le produit.

Histoire d'un petit olivier...

… ou comment je suis devenue l'égérie de la marque. Si vous ne croyez plus aux signes du destin, voici de quoi vous convaincre !

Comment es-tu devenue l'égérie de la marque Le Petit Olivier ?

C'est une longue histoire, mais une histoire épatante. Un jour, on faisait nos courses avec Badri et nous étions à ce moment-là à la recherche de gel douche (il faut savoir que nous sommes des fous du parfum « verveine citron »). Et à côté du gel douche « verveine citron » que nous avions l'habitude d'acheter, on voit le gel douche de la marque Le Petit Olivier, que l'on ne connaît pas. On l'achète alors pour l'essayer. On le trouve super au point de rester fidèles à la marque. Cela se passait au moment où je venais de faire un casting pour être la nouvelle égérie de la marque Bourgeois, mais ils avaient finalement changé d'avis et décidé qu'ils ne voulaient plus de célébrité. J'étais donc un peu déçue, et j'avais fait ce commentaire à Badri : « Tu vois, je préférerais aider à lancer une marque comme Le Petit Olivier, plutôt que d'être l'égérie d'une marque connue ». Quelque temps plus tard, Maïté, la créatrice de ma robe de mariée, m'appelle et me propose de venir à un de ses défilés. Là-bas, je rencontre un certain Xavier, un ami de Maïté. À table, je demande à ce Xavier ce qu'il fait dans la vie. Il m'annonce alors qu'il est le patron de la marque de cosmétiques Le Petit Olivier, mais je ne fais alors pas le rapprochement avec notre fameux gel douche verveine citron. Il nous donne alors sa carte et en voyant le logo, Badri me dit : « Mais ce n'est pas le gel douche verveine citron qu'on achète ? » Et là, Xavier enchaîne : « Si, si, c'est ça, on a un gel douche verveine citron ! Mais nous avons plein d'autres produits : des crèmes de jour, des démaquillants… » Puis Xavier de rajouter : « Je voulais vous rencontrer depuis plus d'un an et demi et j'en parlais à Maïté car je savais qu'elle vous connaissait, mais ça tombait mal à chaque fois… Je voulais en fait vous proposer de devenir l'ambassadrice de ma marque. » Imagine ma tête ! Je tombais des nues ! C'était absolument incroyable !

Toi qui crois aux « signes »…

En effet, c'était un beau signe du destin ! Mais je ne fais jamais les choses par hasard. Si je m'engage dans quelque chose, c'est qu'il y a eu un signe qui m'a conduite à le faire. Auparavant, si tu m'avais proposé une pub pour un produit qui n'avait pas encore percé, comme celui-là, j'aurais dit non, mais il y avait tellement de signes pour Le Petit Olivier, que je ne pouvais pas refuser. Puis, je crois aux produits que Xavier développe et je voulais participer à son succès. Sans compter que la publicité qu'il m'a proposée était à la fois élégante et glamour, exactement ce que je souhaitais.

As-tu accepté tout de suite ?

Non, car je voulais quand même savoir où j'allais, par rapport au budget et au rôle qu'il voulait me faire jouer dans la représentation de sa marque.

À quel endroit avez-vous tourné ?

Dans un grand domaine près de Toulon où est fabriquée de l'huile d'olive. C'est un endroit rempli d'oliviers qui rappelle les paysages espagnols. Moi qui adore ces arbres, j'étais servie ! Chose d'ailleurs bizarre, l'olivier est le seul arbre qui peut pousser sur le terrain de notre maison, car il est rocheux. Lorsque le pépiniériste nous a dit ça, Badri et moi, on n'en revenait pas !

Comment ça se passe, un tournage pour une pub ?

J'arrive avec ma maquilleuse et ma coiffeuse, Karine et Charlie. Chaque fois que je peux, si les maquilleurs et les coiffeurs ne sont pas imposés, je préfère travailler avec elles, car elles me connaissent, elles savent comment me mettre en valeur. En une heure, je suis prête. Pour cette pub, on s'est tous levés à 3 h 30 pour un HMC (habillage, maquillage, coiffure) à 6 heures du matin. Puis comme c'était Maïté qui m'avait fait connaître Xavier, j'ai insisté pour que ce soit elle qui me crée la robe pour la pub. Ça lui a pris cinquante heures, car elle a fait plusieurs modèles avant d'avoir l'accord de l'agence de pub. Elle était donc également là pour le tournage. On a débuté à 7 h 15 pour avoir la lumière du lever du soleil, et on a tourné toute la matinée. On a fait une pause entre 13 heures et 16 heures, car la lumière était trop forte, ce qui n'était pas plus mal, car il faisait une chaleur épouvantable, 35 °C à l'ombre. Ensuite j'ai fait la voix off, puis le tournage a repris jusqu'à 19 h 30.

Mode : conseils de pro

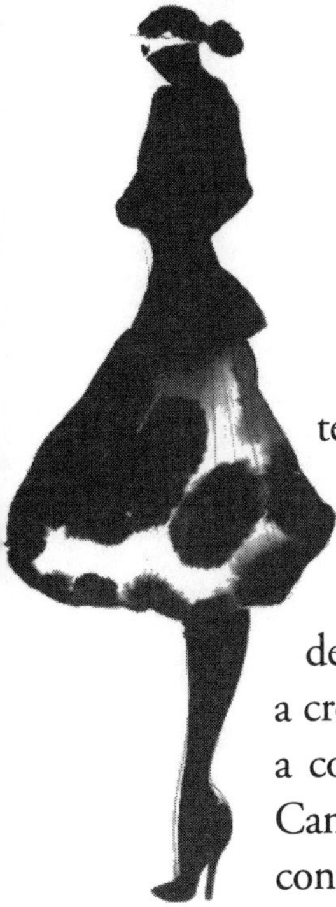

Maïté Garcia me confectionne de nombreuses tenues pour des occasions spéciales : spots publicitaires, couvertures de magazines, festivals, inaugurations et, comme je l'ai déjà mentionné, je lui ai également confié la création de ma robe de mariée. Cela fait une dizaine d'années qu'elle a créé sa marque Divine Création avec laquelle elle a conquis de nombreuses fashion victims à Paris, Cannes, Shanghaï et Marrakech. Révélations et conseils de cette créatrice aux doigts d'or…

Mes créations pour Laëtitia

La robe de mariée

J'ai utilisé de la soie sauvage, du tulle et de la dentelle de Calais pour créer la robe de mariée de Laëtitia. Si nous avons choisi le rouge comme couleur dominante, c'est parce que Laëtitia est une femme au tempérament de feu. Le blanc n'étant pas une couleur, il n'était pas question de l'utiliser. La dentelle noire permettait quant à elle d'ajouter une touche de sensualité. Laëtitia ayant la taille fine, nous avons opté pour un bustier. Pour la jupe, elle ne voulait pas de trop grand volume car elle souhaitait être à l'aise pour faire la fête. Mais elle voulait une traîne. Je lui en ai confectionné une de plus de cinq mètres, en dentelle et soie, que l'on fixait

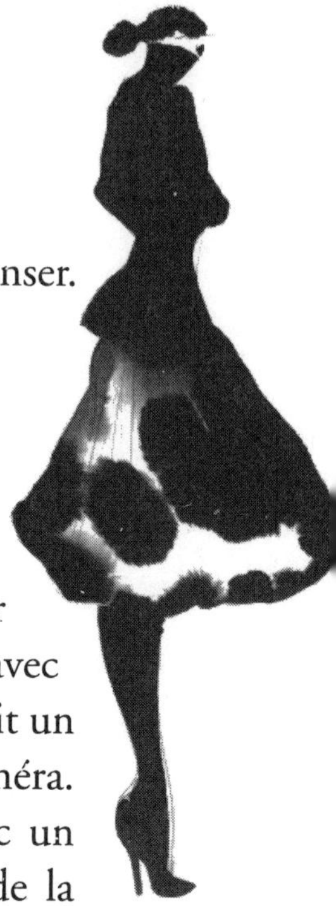

sur la robe afin qu'elle puisse l'enlever pour danser. Elle ressemblait à la Belle de Cadix !

La robe du Petit Olivier

On m'avait demandé quelque chose de vaporeux et de fluide, j'ai donc créé une robe longue en mousseline de soie. Laëtitia avait l'air d'une vestale ! Mais il y a eu un petit souci avec l'agence du pub : la robe brillait trop et donnait un jeu de reflets qui posait un problème à la caméra. On a donc refait le même modèle, mais avec un tissu différent, toujours de la soie, mais pas de la mousseline, une soie plus opaque. Le blanc cassé de la robe et le doré de la bordure qui soulignait le décolleté ont été choisis afin de rappeler les couleurs de la marque du Petit Olivier.

Conseils et astuces

Question de longueur

– Pour une jupe ou une robe longue, les deux longueurs acceptables sont sous le genou ou jusqu'à la cheville, mais il ne faut jamais opter pour une longueur à mi-mollet, car ça coupe toute la silhouette.

– Si vous avez une robe longue, il faut qu'il y ait soit une très grande ouverture sur le côté pour que l'on voie la jambe, un dos nu, une épaule dénudée, soit un décolleté, afin de donner un côté encore plus féminin et coquin.

Question de style

– Un vêtement doit être près du corps, mais jamais serré. Le vêtement doit dessiner le corps, l'épouser et non le mouler, car cela désavantage votre silhouette en soulignant ses détails disgracieux. Même si on a de très jolies formes, elles ne ressortiront pas sous le meilleur jour.

– Pensez à jouer sur la transparence (avec du tulle, du voile, de la dentelle).

– Pensez aux matières fluides qui soulignent la silhouette sans l'agresser.

Questions de couleurs

– Les chaussures ne doivent pas forcément être assorties au sac et à la ceinture, elles peuvent apporter une note de couleur dans la tenue, comme des chaussures rouges avec une robe noire ou venir compléter un camaïeu : avec une tenue rouge et orange, optez pour les chaussures framboise !

– Pour les peaux mates, évitez les couleurs trop ternes, pensez à apporter de la lumière dans vos tenues.

– Le rouge n'est pas forcément la couleur des brunes, cela peut très bien aller aux blondes, alors osez !

– Je ne suis pas une grande fanatique du bleu, car c'est une couleur froide. Je ferai une exception avec le bleu électrique, que l'on peut assortir avec du blanc et du noir.

QUIZZ
LAËTITIEN

1. **Sa couleur préférée ?**
BADRI : le bleu.
MAMAN : j'en vois plusieurs : le rouge, le noir et le bleu.

2. **Sa saison préférée ?**
BADRI : le printemps.
MAMAN : l'été.

3. **Son animal préféré ?**
BADRI : le chat.
MAMAN : encore une fois, je vous en donne, deux, chat et chien.

4. **Son bijou préféré ?**
BADRI : la bague.
MAMAN : une bague.

5. **Son plat préféré ?**
BADRI : le poulet au curry.
MAMAN : elle aime bien le poisson en général.

6. **Son dessert préféré ?**
BADRI : la tarte Tatin.
MAMAN : la tarte Tatin.

7 **Son film préféré ?**

BADRI : *Le Dîner de cons.*
MAMAN : *Moulin rouge.*

8 **Son humoriste préféré ?**

BADRI : Gad Elmaleh.
MAMAN : Gad Elmaleh.

9 **Est-elle plutôt mer ou plutôt montagne ?**

BADRI : mer.
MAMAN : les deux, en fonction des saisons !

10 **Qu'a-t-elle toujours dans son sac ?**

BADRI : son téléphone.
MAMAN : son baume pour les lèvres.

11 **Sa plus grande qualité ?**

BADRI : sa générosité.
MAMAN : sa générosité, c'est une femme de cœur.

12 **Son plus grand défaut ?**

BADRI : elle est têtue.
MAMAN : elle est impulsive.

13 **Quelles sont ses passions ?**

BADRI : le sport.
MAMAN : la cuisine.

14 **A-t-elle une manie ?**

Badri : elle se mange la peau des ongles.

Maman : elle se pince la bouche.

15 **De quoi est-elle le plus fière ?**

Badri : d'avoir su garder les pieds sur terre.

Maman : d'avoir su conserver son authenticité.

QUIZZ

MES RÉPONSES

1 **Ma couleur préférée :** le bleu.

2 **Ma saison préférée :** le printemps, car la nature renaît et les températures sont idéales, il ne fait ni trop chaud, ni trop froid.

3 **Mon animal préféré :** le cheval, sans pour autant renier Polka ou Satin !

4 **Mon bijou préféré :** la bague.

5 **Mon plat préféré :** le poulet au curry, mais je suis en effet une grande fan de poisson.

6 **Mon dessert préféré :** la tarte Tatin.

7 **Mon film préféré :** film d'amour, c'est *Moulin rouge*, à la suite duquel mon homme m'a donné le surnom de Satine, comme l'héroïne de Luhrmann, interprétée par Nicole Kidman. *Le Dîner de cons* est par contre ma comédie préférée.

8 **Mon humoriste préféré :** le fantastique Gad Elmaleh.

9 **Entre mer et montagne :** le choix est difficile, la mer et la montagne me permettent de me ressourcer de manière différente, mais j'opterai pour la grande bleue.

10 **Toujours dans son sac :** mon portable, c'est vrai, mais aussi un gloss et une crème hydratante.

11 **Ma plus grande qualité :** je suis organisée.

12 **Mon plus grand défaut :** mettons cette question au pluriel ! Je suis en effet impulsive (un proverbe que j'essaie d'appliquer, mais en vain : « Tourner la langue sept fois dans sa bouche avant de parler ») et jalouse. Qui dit mieux ?

13 **Mes passions :** la cuisine et le sport. Je mange, donc je suis !

14 **Une manie :** je mordille en effet sans arrêt la peau de mes ongles. Très élégant. (Ah bon ?, je me pince les lèvres ?)

15 **Ma fierté :** ma mère. À son âge, elle vient de réussir haut la main son mastère II pour devenir directrice de maison de retraite. Elle est épatante !

Épreuves,

leçons tirées,

joies,

réussites,

amours

et désamours…

Voici mon chemin de vie.

Un grand merci à vous de l'avoir parcouru
avec moi…

Laëtitia

*Un grand merci à Badri, ma famille,
Maïté Garcia, Karine Avezard, Olivier Desarte,
l'agence Visual : Patrick Weiss et Benjamin Decoin.*

Cet ouvrage a été achevé d'imprimer en février 2010
dans les ateliers de Normandie Roto Impression s.a.s.
61250 Lonrai
Pour le compte des éditions Florent Massot

Imprimé en France

Dépôt légal : mars 2010
N° d'impression : 100621